"Hirni"

oder

nervendes Gehirn mit unruhigem Geist

Aus der Reihe: Dualistische Welt

Alles begann in einem Kindergarten und wurde eine atemberaubende Geschichte, eine Detektivgeschichte um ein großes Geheimnis. Mitten im Gehirn. In erstaunlicher Einfachheit und Klarheit zeigen uns Hirni und seine Freunde, wie wir eine Idee von etwas bekommen können, das eigentlich gerade abgeschafft wurde, in dieser hirnmodernen Zeit. Einfach so. Und ohne einen Gott bemühen zu müssen. Eine etwas andere Einführung in eine kleine Philosophie des Geistes. Quasi. Sozusagen.

Akrad Shara ist natürlich ein Pseudonym. Für uns, die ermittelnden Detektive, die in einer fremden Stadt sehr zufällig einige sehr interessante und aufschlussreiche Gespräche belauschen konnten. Zwischen Hirnforschern, Kindern, Feministen, Hobby-Philosophen und anderen skurrilen Typen ...

Für J.

Ohne sie wären die folgenden Seiten nicht
entstanden.

Für B.

Ohne ihn hätten die Gedanken nicht bis
dorthin gereicht.

Für T. und Z.,

alle Kinder dieser Welt

und alle Menschen, die einmal Kinder waren.

Aus der Reihe: Dualistische Welt

"Hirni"

oder

nervendes Gehirn mit unruhigem Geist

Akrad Shara

Bibliografische Information Der Deutschen Bibliothek:

Die Deutsche Bibliothek verzeichnet diese Publikation in der Deutschen Nationalbibliografie; detaillierte bibliografische Daten sind im Internet unter <http://dnb.ddb.de> abrufbar.

Herstellung und Verlag: Books on Demand GmbH, Norderstedt

Umschlaggestaltung (orange Blume mit exemplarischem Neuron auf lila Spirale), Satz und Layout: Akrad Shara mit extra-freundlicher Unterstützung von V.W.

ISBN-10: 3-8334-6637-5
ISBN-13: 978-3-8334-6637-3

Inhalt

Der Anfang

Dies ist eine vielleicht merkwürdige Geschichte. Eigentlich ist es eine Detektivgeschichte. Denn wir, meine Freunde und ich, haben bei einem kurzen Besuch in einer fremden Stadt sehr zufällig ein paar Leute getroffen, die einem großen Geheimnis auf der Spur waren. Bei diesem Geheimnis ging es um das Gehirn. *Unter anderem* um das Gehirn. Und um einen Bildschirm. Einen Computer-Bildschirm. Aber wir wollen hier nicht zuviel verraten, ihr sollt ja selber lesen und *denken*! Also erzähl ich jetzt hier nur das Allernotwendigste.

Es ist so, dass uns, also meine Freunde und mich (wir wollen lieber anonym bleiben, Detektive wollen das ja meistens!), dieses Geheimnis auch brennend interessiert hat. Deswegen haben wir diese Leute, die wir in einer fremden Stadt sehr zufällig getroffen haben, verfolgt! Heimlich und unauffällig natürlich. Und wir haben sie wirklich nicht belästigt und verraten hier auch nichts extra persönliches über diese Leute. Aber dieses Geheimnis, dem sie auf der Spur waren, war so interessant, dass wir es dann auch unbedingt weiter erzählen wollten. (Wir haben die Leute natürlich hinterher gefragt, ob sie damit auch einverstanden sind. Aber erst hinterher, sonst hätten wir vielleicht die Geheimnissuche gestört!). Am Anfang wurden die Gespräche der besagten Leute zufällig auf Kassetten aufgezeichnet, die uns dann in die Hände gefallen sind. Mysteriös! Als wir gemerkt haben, wie spannend das wird oder noch werden kann, haben wir uns diesen Leuten dann an die Fersen geheftet (wie gesagt, unauffällig und ohne Belästigung), so dass wir euch hier fast alles, was zu dieser Geheimnissuche gehört, erzählen können. Ok, das ist im Prinzip schon alles.

Bleibt nur noch zu klären, für wen wir das eigentlich aufgeschrieben haben. Zuerst haben wir gedacht, das ist vielleicht für Kinder am besten. Aber Kinder wissen um dieses Geheimnis meist besser Bescheid als alle Erwachsenen zusammen. Außerdem kommen doch immer mal wieder so technische Begriffe (aber nur wenige, und die erklären wir vielleicht später nochmal) vor. Also haben wir beschlossen, dieses Buch ist für alle Leute, die sich nicht auf den Schlips getreten fühlen, wenn sie von wildfremden kleinen und großen Menschen mit "Hallo du!" angesprochen werden. Alle anderen dürfen das Buch natürlich auch lesen. Aber denen wird es nicht so gefallen, denn mit dem "Sie" haben wir es nicht so ...

Warum wir das alles überhaupt aufgeschrieben haben? Naja, wir dachten, vielleicht könnten wir damit erreichen, dass ein paar Menschen nach dem Lesen glücklicher sind als vorher. Das reicht doch schon, oder?

So, das war's eigentlich auch schon, was an Einführendem zu sagen wäre. Auf in die Geschichte und bleibt auf der Spur,

eure

Akrad Shara

Im Kindergarten

Alles begann in einem Kindergarten, der eine recht innovative Pädagogik verfolgte und sich zum Ziel gesetzt hatte, den Kindern ein möglichst vielfältiges und realistisches Bild der "Erwachsenen-Welt" zu vermitteln. Ähnlich der Reihe in einer bekannten Zeitschrift (Kinder fragen - Nobelpreisträger antworten) wurden daher auch verschiedene namhafte Forscher eingeladen, die den Kindern etwas von ihrer Arbeit erzählen sollten. Zufälligerweise wurde folgendes bemerkenswerte Gespräch zwischen einem 5-jährigen Kind, das wir aus Gründen der Anonymität "JTZ" taufen wollen und einem Hirnforscher und Neurophilosophen, den wir aus ähnlichen Gründen schlicht "Hirni" nennen, aufgezeichnet und ist uns in die Hände "gefallen". Bemerkenswert an diesem Gespräch ist, dass sehr aktuelle Fragen der sogenannten "Philosophie des Geistes" berührt werden.

JZT: Was machst du?
Hirni: Ich untersuche, wie das Gehirn uns Menschen ermöglicht, Dinge zu sehen.
JTZ: Was ist ein Gehirn?

Hirni: Das Gehirn sitzt in deinem Kopf und es verarbeitet unter anderem die Dinge, die du mit deinen Augen siehst, so dass du jetzt zum Beispiel diesen Apfel hier auf dem Tisch sehen kannst oder den Baum da draußen vor dem Fenster oder überhaupt alles.

JTZ: Dann habe ich einen Apfel und einen Baum in meinem Kopf, wenn ich einen Apfel und einen Baum ansehe?

Hirni: Naja, nicht direkt einen Apfel und einen Baum. Dein Gehirn besteht aus vielen kleinen "Zellen". Diese Zellen sind so klein, das man sie nicht mit bloßem Auge sehen kann und sie unterhalten sich miteinander. Was immer du machst, tust oder denkst wird von diesen kleinen Zellen erzeugt. Jede Zelle hat eine bestimmte Aufgabe. Wenn du also einen Apfel siehst, reagieren die Zellen, die für Äpfel zuständig sind und so siehst du einen Apfel. "Reagieren" heißt dabei, dass diese Zellen anfangen zu arbeiten. "Feuern" nennt man das auch. Dieses Feuern der Zellen kann man mit verschieden Geräten messen. Ich messe also das Feuern der Zellen und versuche herauszufinden, wie die Zellen es schaffen, dass du einen Apfel oder einen Baum sehen kannst.

JTZ: "Feuern" wie mit einer Pistole?

Hirni: Naja, nicht direkt, denn die Zellen haben ja keine Pistolen. Aber wenn sie "feuern", verteilen sie Flüssigkeiten an ihre Nachbarzellen und so unterhalten sie sich mit ihren Nachbarn. Wenn man eine Zelle mit einer Pistole vergleicht, müsste man also statt der Kugel eine Flüssigkeit nehmen.

JTZ: Und wer drückt dann ab?

Hirni: Das ist eine gute Frage. Die Zellen feuern ständig; wenn wir etwas sehen, feuern Zellen, die für das Sehen zuständig sind. Wenn wir traurig sind, feuern Zellen, die für das Traurig-sein zuständig sind, wenn wir fröhlich sind, Zellen die für Freude zuständig sind, usw. Und wenn eine Zelle feuert und damit ihre Nachbarzellen über etwas informiert, feuern diese Nachbarzellen auch, wenn sie zuständig sind. Seit unserer Geburt, und auch schon davor im Bauch der Mutter, feuern diese Zellen im Kopf und erzeugen damit alles, was wir sehen, fühlen und denken.

JTZ: Und welche Zelle hat angefangen mit dem Krieg?

Hirni: Naja, es ist nicht direkt ein Krieg. Sie unterhalten sich ja nur, diese Zellen. Korrekterweise sagt man, "sie kommunizieren".

JTZ: Ja, aber irgendwer muss doch angefangen haben!

Hirni: Ja, sicher. Irgendwann beginnt das Nervensystem, so nennt man alle diese Zellen zusammen, zu arbeiten und die Zellen feuern.

JTZ: Dann konnte ich auch schon im Bauch einen Apfel und einen Baum sehen?

Hirni: Nein, im Bauch gab es ja keine Äpfel und Bäume. Da hast du dann andere Sachen wahrgenommen. Geräusche z.B. oder den Geruch deiner Mutter. Und die Neuronen, so nennt man diese Zellen im Kopf auch, die dafür zuständig sind, haben dann gefeuert.

JTZ: Machen dann die Zellen, dass ich Geräusche hören konnte?

Hirni: Ja, das machen die Zellen.

JTZ: Aber gab es dann auch Geräusche oder nur die Zellen, die arbeiten? Weil, wenn eine Zelle irgendwann im Bauch anfängt zu arbeiten und dann alle anderen auch zur Arbeit schickt, dann kann es ja auch sein, dass die Zellen einfach so arbeiten, ohne dass da Geräusche, Bäume und Äpfel sind?

Hirni: Nein, das muss man unterscheiden. Es gibt Zellen die arbeiten um deine Körperfunktionen aufrecht zu erhalten. Wie deinen Herzschlag zum Beispiel. Diese Zellen arbeiten ständig und haben irgendwann in deiner Bauchzeit, so etwa als du ein paar Wochen im Bauch deiner Mutter warst, mit der Arbeit begonnen. Andere Zellen, wie etwa die Apfel-Zellen oder die Geräusch-Zellen beginnen erst dann mit der Arbeit, wenn du einen Apfel siehst oder ein Geräusch hörst.

JTZ: Dann drückt also quasi der Apfel auf dem Tisch auf den Abzug der Zelle, die für den Apfel zuständig ist und macht, dass sie feuert. Wenn sie gefeuert hat, sehe ich den Apfel dann auch mit den Augen.

Hirni: Das ist eine ganz gute Beschreibung!

JTZ: Aber der Apfel ist doch da auf dem Tisch, der kann doch nicht auf den Abzug einer Zelle in meinem Kopf drücken!

Hirni: Doch, indirekt schon und zwar über die Wellen, die er reflektiert oder, einfacher gesagt, ausschickt. Der Apfel schickt grüne Strahlen, diese nennt man "Wellen" einer bestimmten "Frequenz", durch deine Augen in deinen Kopf. Diese Wellen werden von den zuständigen Zellen verarbeitet und die Apfel-Informationen solange an Nachbarzellen weitergereicht, bis die zuständigen Apfel-Zellen feuern und du den Apfel siehst. Vorher siehst du ihn gar nicht. Aber diese Verarbeitung geht so schnell, dass du das gar nicht bemerkst.

JTZ: Nein, ich merke keine feuernden Zellen in meinem Kopf. Aber auch keinen Apfel. Der liegt da auf dem Tisch. Und der Baum ist doch viel zu groß! So viele Baum-Zellen passen doch gar nicht in meinen Kopf! Bist du dir sicher, dass du alles richtig machst mit deiner Arbeit?

Hirni: Ja, doch, sicher. Aber es gibt noch viele Geheimnisse um die Vorgänge in unserem Gehirn und die versuche ich herauszubekommen. Vielleicht können wir es mal so versuchen: Du kennst doch bestimmt ein bißchen einen Computer?

JTZ: Ja, meine Mama hat mehrere. So kleinere zum Aufklappen. Mein Papa auch, aber der hat nur einen.

Hirni: Und der Computer kann dir doch Bilder zeigen?

JTZ: Ja, da haben wir Fotos vom Urlaub drauf angesehen.

Hirni: Also kann der Computer dir bestimmt auch ein Bild von einem Apfel zeigen.

JTZ: Na klar!

Hirni: Aber im Computer steckt doch kein Apfel drin und auch kein Baum und trotzdem kann dir der Computer ein Bild davon zeigen.

JTZ: Ja, das liegt an der Kode-ierung oder sowas. Meine Mama hat mir das mal erklärt.

Hirni: Ja, der Computer verarbeitet auch bestimmte Informationen, ähnlich wie die Neuronen, die Flüssigkeiten austauschen, um sich zu unterhalten. Die Informationen, die der Computer auf seiner Festplatte liegen hat, können also, in einer bestimmten Kodierung "Apfel" bedeuten ohne selbst ein Apfel zu sein. Und was du dann siehst, ist ein Apfel auf dem Bildschirm. Die Neuronen in deinem Kopf arbeiten so ähnlich. Sie verarbeiten Informationen, eben sogenannte Wellen, die von einem Apfel kommen und zeigen dir den Apfel dann. Wie der Computer. Aber im Kopf und im Com-

11

puter ist nicht selbst ein Apfel drin.

JTZ: Ach soooooooooooo. Dann ist mein Kopf quasi ein Computer oder boah, vielleicht sogar ein Roboter? Oder boah!!!!!!! *Ich* bin ein Roboter! Peng, peng, peng. Ich bin der Terminator.

Hirni: Naja, nicht ganz so extrem; aber prinzipiell könnte man sich das so vorstellen. Die Neuronen in deinem Kopf steuern dein ganzes Verhalten - also alles! Sie bewirken alles was du siehst, hörst, fühlst, riechst. Und sie machen, dass du wütend oder fröhlich oder traurig bist. Und sie sorgen dafür, dass du in den Apfel beißt, wenn du hungrig bist, zum Beispiel.

JTZ: Cooooool! Dann machen die Neuronen auch, dass ich stillsitze oder rumlaufe, dass ich schreie oder lache?

Hirni: Ganz genau. Das alles machen die Neuronen.

JTZ: Dann machen meine Eltern aber was falsch. Und eigentlich alle. Denn die sagen MIR, ich soll stillsitzen, zum Beispiel. Dabei müßten sie das doch den Neuronen sagen! Oder wie soll ich stillsitzen, wenn die Neuronen nicht still sitzen wollen. Oder überhaupt, wenn die Neuronen einfach so arbeiten, kann ich doch da nichts machen! Und eigentlich habe ich einen Roboter auch noch nie lachen gesehen!

Hirni *(der eigentlich schon erleichtert aufgeatmet hatte und dachte, das Gespräch wäre nun zu aller Zufriedenheit beendet)*: Also, ja. Das ist natürlich ein sehr wichtiger Punkt, den du da ansprichst. Das ist die philosophische Seite der Gehirnuntersuchungen.

JTZ: Wieso fiel-o-so-fisch? Was ist denn das? Ich dachte du untersuchst Köpfe und ich bin ein Roboter.

Hirni: Doch schon, äh, ja, nein. Der Punkt ist, man weiß nicht, wieso die Neurone das alles so machen.

JTZ: Was machen?

Hirni: Dass du einen Apfel auch *siehst*, zum Beispiel. Oder dass du fröhlich oder traurig oder wütend bist.

JTZ: Hm. Klar, du meinst, Roboter sind eigentlich nicht wütend, oder? Der Terminator aber schon!

Hirni: Ja, der war aber auch eine Film-Erfindung und eine Mischung zwischen Mensch und Maschine. Wenn man sich die Abläufe im Gehirn aber ähnlich vorstellt wie bei einem Roboter, bräuchte er den Apfel ja nicht zu sehen! Es würde reichen, wenn seine Neuronen die Signale verarbeiten und dann die anderen Neuronen informieren, dass man den Apfel in die Hand nehmen soll, um ihn dann zu essen. Verstehst du? Die Neuronen könnten auch einfach weiter arbeiten ohne dass du selbst dies wirklich bemerkst, bzw. ohne ein Bild von einem Apfel auch wirklich zu erzeugen. Und Roboter stellt man sich ja auch so vor, als würden sie nichts wirklich "bemerken", nicht wahr? Und in der Tat stellt man sich heute wirklich die Menschen so vor. Wie Roboter. Nur dass man nicht weiß, warum diese Roboter Gefühle haben und Bilder sehen können. Das ist noch ein sehr großes Geheimnis. Es ist so wie bei dem Computer. Der hat einen Bildschirm, damit er dir Bilder zeigen kann, z.B. von einem Apfel. Aber wenn der Computer, oder der Roboter, alle Informationen verarbeiten kann und alle Handlungen allein bestimmt, braucht er niemandem Bilder zu zeigen, verstehst du? Die moderne Hirnforschung stellt sich den Menschen ein bißchen wie einen Computer ohne Bildschirm und Tastatur vor. Alles wird vom Computer gesteuert in Abhängigkeit von den Signalen, die er über seine verschiedenen Kabel erhält. Er läuft ganz alleine, wie auch wir Menschen eigentlich ganz alleine funktionieren und handeln. Alle Menschen zusammen wären dann quasi ein großes Netz miteinander verbundener Computer, die über Kabel oder Funk ihre Informationen austauschen. Aber dieser "Mensch-Computer" hat trotzdem quasi einen Bildschirm und erzeugt darauf Bilder und wir wissen nicht warum.

JTZ *(seufzt)***:** Ach so, dachte ich's mir doch, dass es da einen Haken gibt. Ich bin doch kein Roboter wie der Terminator. Schade eigentlich, dann wäre ich das Stärkste hier im Kindergarten. Aber - *(JTZ lacht, nimmt sich den Apfel und beißt herzhaft hinein)* du machst, glaube ich, doch was falsch bei deiner Arbeit. Du misst zuviel in fremden Köpfen an komischen Zellen herum - du solltest lieber mal wieder probieren, wie lecker ein Apfel schmeckt! *(JTZ läuft mit dem Apfel in der Hand lachend in eine Spielecke voller Roboter).*

Am Kamin

Unser Hirnforscher war nach den sehr eigentümlichen Erlebnissen im Kindergarten und dem abrupten Ende des Gesprächs mit JTZ zurück zu seiner Arbeit ins Labor gefahren. Aber er hatte dieses Kindergarten-Gespräch den ganzen Tag nicht vergessen und sich daher gar nicht richtig konzentrieren können. So machte er sehr früh Feierabend, fuhr nach Hause und zündete in seinem Kamin an diesem frühen, wenn auch etwas dunklen und kalten November-Nachmittag ein Feuer an. Beim Blick in ein prasselndes Feuer konnte er immer am besten nachdenken. Und er war sehr nachdenklich. So fand ihn seine Freundin, als sie am späten Abend von ihrer Arbeit heimkam. Hirnis Freundin ist eine engagierte Feministin; sie hält Vorträge an Universitäten und organisiert viele Projekte, um Frauen in Notsituationen auf der ganzen Welt zu helfen und die Arbeit von Frauen in allen Bereichen zu unterstützen. Wir wollen sie aus diesem Grund "Femi" nennen. Hirni findet "Feminismus" ganz interessant, aber ein gutes Essen auf dem Tisch, wenn er nach einem anstrengenden Labortag nach Hause kommt, verachtet er auch nicht. Hirni und Femi hatten daher schon viele interessante Gespräche. Wieder verdanken wir es glücklichen Umständen, dass das folgende Gespräch aufgezeichnet wurde (falscher Knopf an einem Kassettenrecorder, dadurch wurde leider ein Stück von Mozart überspielt, das Femi eigentlich anhören wollte) und uns so übermittelt ist.

Femi: Nanu, schon da?
Hirni: Ja, irgendwie fehlte mir heute die rechte Konzentration. Ich bin schon seit vier zuhause.
Femi: Na, dann hättest du ja wenigstens was zu essen kochen können. Oder hast du?
Hirni *(sehr vergrübelt)***:** Essen? Wie? Nein, habe ich nicht. Ich versteh einfach nicht, warum er gelacht hat.
Femi: Na toll, das hätte ich mir mal erlauben sollen! Wer hat gelacht? Ärger im Labor?
Hirni: Nein, ich war doch heute im Kindergarten. Dort habe ich einem Kind, JTZ, ein paar Fragen beantwortet. Aber am Ende, oder eigentlich war es gar nicht das Ende, hat JTZ nur gelacht und ist weggelaufen.
Femi: Mhm. Und das belastet dich nun?
Hirni: Nein. Doch. JTZ hat irgendwie wegen dem Bildschirm gelacht.
Femi: Wegen einem Bildschirm? Na, was hast du denn da erzählt?
(An dieser Stelle erzählt Hirni das Kindergartengespräch, wie er es in Erinnerung hat. Aber da wir das schon kennen, können wir diese Stelle überspringen.)
Hirni: ... Ja, und dann meinte JTZ, ich solle doch mal wieder einen Apfel essen und nicht soviel in fremden Köpfen herummessen und ist lachend weggelaufen.

16

Femi *(lacht jetzt auch)*: Kluges Kind. Es hat wahrscheinlich einfach begriffen, dass Menschen keine Roboter sein können und dass das auch sehr gut so ist.

Hirni: Unmöglich. JTZ kann unmöglich in diesem kurzen Gespräch soviel begriffen haben. JTZ muss aus kindlichem Unverständnis heraus gelacht haben. Aber dieses Lachen hat irgendwas in mir berührt. Es war wie eine Aufforderung, meine ganzen Vorstellungen zu überdenken.

Femi: Hach, das ist aber wirklich bemerkenswert von JTZ. Wenn ich nur mal sowas erreicht hätte!

Hirni: Also, du weißt, dass ich wirklich nichts gegen feministische Ideen habe und auch jede Form von Frauenförderung unterstütze, aber, mit Verlaub, weibliche Neuronen hat man noch nicht gefunden! Ich wüsste wirklich nicht, wie mich feministische Phantasien zum anderen Nachdenken über Neurone bringen sollten! Da war die Erfahrung im Kindergarten heute einfach grundlegender. Irgendwie ursprünglich. Nicht gekünstelt.

Femi: Ohohoh, da hast du aber selbst dein eigenes Fach nicht gründlich studiert. Man unterscheidet doch sogar explizit zwischen Männer- und Frauen-Hirnen!

Hirni: Ja, aber dieser Unterschied ist marginal. Und er bewegt sich innerhalb desselben Systems. Ich brauche mein neuronales Weltbild nicht in Frage zu stellen, um auch weibliche Gehirne zu verstehen *(grinst hörbar)*. Wenn mir jemand weibliche und männliche Neurone gezeigt hätte, wäre das dagegen vergleichbar zu dem Gefühl, das ich seit dem Verlassen des Kindergartens, seit diesem Lachen, habe.

Femi: Das betrachte ich jetzt als Ansporn! Dein Grübeln kann ich da mindestens verstärken! Wir haben doch schon häufiger die Frage dualistischer Denkweisen diskutiert. Du weißt schon: Dichotomien, d.h. das Denken in Gegensätzen - Mann/Frau, Vernunft/Gefühl, männlich/weiblich, Gehirn/Geist, usw.

Hirni: Unendlich oft, aber ich sehe nicht, wie mich das neuronal weiter oder in Verwirrung bringen sollte.

Femi: Die Dichotomie gegen die du doch offensichtlich ankämpfst ist die zwischen Gehirn und Geist.

Hirni: Ja, aber an der Überwindung dieses Gegensatzes, oder vermeintlichen Gegensatzes, arbeitet die ganze Neurophilosophie. Es ist inzwischen doch allgemein anerkannt, dass dieser Dualismus, diese Gegenüberstellung von Materie und Geist oder Gehirn und Seele, veraltet und überholt ist. Er muss neu gedacht werden. Unser Gehirn besteht aus Neuronen, und zwar ausschließlich aus Neuronen, dort findet sich kein "Geist". Es gibt, jedenfalls nach derzeitiger Erkenntnis, keine Stelle, an der die Neuronen darauf warten müssten, dass irgendein "Geist" ihnen sagt, was weiter zu tun ist. Wir erleben zwar etwas "Geistiges", etwas "Mentales", aber es hat derzeit nicht den Anschein, als wäre dieses Erleben auch notwendig. Man muss daher die Frage nach dem "Geist" oder meinetwegen der "Seele" oder "Psyche", oder welchen Begriff du auch immer bevorzugst, ganz neu stellen. Wir wissen inzwischen, dass Neurone unser ganzes Verhalten und Erleben steuern. Da bleibt kein Raum für einen Geist oder irgendwie geartete geistige

Ebene. Wir befinden uns in einer Zeit eines unglaublichen Paradigmenwechsels. Der Mensch - wir! - begreifen unsere materielle Basis. Wir wissen noch nicht alles darüber und wir verstehen auch noch nicht alles. Aber wir arbeiten daran. Und diese Arbeit daran repräsentiert eben genau die Überwindung des alten Dualismus. Wenn also der Feminismus die Überwindung von Gegensätzen, von Dichotomien, fordert, sind wir - ist die Hirnforschung - dabei den Feminismus zu überholen. Tut mir leid, so kannst du mich nicht beeindrucken.

Femi: Hm, aber wenn du von "Überwindung des Dualismus" sprichst, dann meinst du doch einen puren Materialismus, oder? Du meinst die Neurone in unserem Hirn sind und tun alles. Wir "sind" im Prinzip ein Haufen feuernder Neurone. "Geist" und "Seele" hingegen sind Illusion oder Ergebnis eines umfangreichen religiösen Blendwerks.

Hirni: Wie gesagt, man hat noch keine finale Lösung. Aber der Weg ist in etwa gezeichnet. Eine nicht-materielle Welt - also eine Seele - anzunehmen, die eine materielle Welt - also unseren Körper samt Gehirn - irgendwie beeinflussen kann, macht keinen Sinn, ist nicht vernünftig. Alle philosophischen Entwürfe in dieser Hinsicht und alle empirischen Befunde deuten eindeutig auf einen physikalisch und zwar rein physikalisch determinierten Menschen hin.

Femi: Oh, da steckst du aber noch sehr tief drin, im Dualismus. Denn kann man denn Materie oder Physik nicht immer nur im Gegensatz zu etwas "Geistigem" denken? Könntest du von materialer Determiniertheit überhaupt reden, wenn du nicht das Gegenteil dazu gleich mitdenken würdest? Wenn es nur Materie gibt, alles Materie ist, könnten wir doch gar nicht von Materie reden. Der Begriff "Materialismus" oder auch "Physikalismus" setzt doch sein Gegenteil bereits voraus!

Hirni: Nun, in gewisser Weise hast du vielleicht Recht. Die neuen Probleme aller Neurophilosophie sind im Prinzip die alten Probleme. Wenn ich zwei Substanzen annehme, wobei man ja allein über den Begriff "Substanz" Diskussionen anstellen kann, die ganze Bibliotheken füllen, bzw. schon gefüllt haben, aber wenn wir also "Substanz" einfach mal intuitiv verstehen und eine materiale Welt, bestehend aus Steinen, Pflanzen und Neuronen, also grob eine "stoffliche" Substanz annehmen und eine zweite, seelische, psychische, geistartige Welt, in der mein Erleben und Fühlen stattfindet, also eine "mentale" Substanz setzen, wenn ich also diese zwei Substanzen annehme, besteht die große Frage darin, wie sie denn interagieren sollen. Wie kann der Geist die Materie beeinflussen und umgekehrt? Descartes hatte hier die Zirbeldrüse vorgeschlagen, nur so als praktisches Beispiel, dass diese Interaktion gedacht werden muss, aber nicht gedacht werden kann. In der Zirbeldrüse sollte nach Descartes Auffassung die geistige Substanz die Möglichkeit haben, mit der materiellen Substanz zu kommunizieren. Das ist natürlich Blödsinn. Wenn ich daraus aber schließe, dass es eine mentale Substanz also nicht geben kann und nun die Existenz nur einer materialen Substanz annehme, die einfach mir vielleicht noch unbekannte Eigenschaften hat, steht sofort die Frage im Raum, wo denn da das Erleben, die Gefühle her-

20

kommen und welchen Sinn sie haben, wenn sie in einer materialen Welt eh nichts bewirken können. Also, es stimmt schon, da muss ich dir Recht geben. Wir bemühen uns, dieses dualistische Denken zu überwinden; aber wir befinden uns vielleicht gerade mal am Anfang.

Femi: Uiiiii, wir sind einer Meinung! Jedenfalls ein bisschen! Wie bemerkenswert! Aber wenn ich jetzt noch ein wenig weiter machen darf: Dieses rätselhafte Erleben, diese Gefühle in deiner materialistischen, neuronalen Welt, von der du da erzählt hast, hat das nicht genau mit dem Computer-Bildschirm zu tun, über den JTZ dann schließlich so herzhaft lachen musste? Und darf ich noch weiter machen und dir sagen, dass man Dualismen oder das Denken in Gegensätzen nicht einfach überwinden kann, in dem man sich dies vornimmt! Die ganze Menschheitsentwicklung, wie wir sie bisher sehen, und ich betone *sehen*, denn es muss nicht heißen, dass diese auch so war, wurde von Männern geschrieben, gestaltet, entworfen, bestimmt. Von Männern, die die sogenannte "Vernunft" hochstilisiert und über alles gesetzt haben; die ihren Körper und ihre Sinneswahrnehmungen verachtet haben (weil der und die sich immer zu Frauen hingezogen fühlten?), die niemals selbst Kinder bekommen haben, die niemals selbst das Wunder einer Geburt erlebt haben, aber immer viel tun mussten, um dieses Manko zu kompensieren (viel und ernsthaft arbeiten; sich Bestätigung verschaffen, in dem sie etwas "Kind-ähnliches" schaffen), diese ganze Entwicklung, in Gesellschaft, Wissenschaft und Denken, die so sehr auch von Machtgedanken beherrscht ist - und man beachte hier die Terminologie "herrschen"- basiert auf männlichen Tugenden und Denken und du meinst, dies alles spielt keine Rolle oder lässt sich leicht hinwegfegen? Ich glaube, man unterschätzt Frauen, wenn man sie für schwach hält, wenn man meint, sie würden gar nicht, oder jedenfalls nicht anders denken als Männer. Vielleicht haben sie ein Wissen, das anders geartet ist. Das eben auch fühlt, ein Wissen, das um Vergängliches und Wichtiges weiß und anders unterscheidet als Männer dies gewöhnlich tun. Vielleicht liegt hier doch ein wichtiger Schlüssel um ein Rätsel zu lösen. Vielleicht ist es eben nicht damit getan, mit dem einfachen Bestreben einen Dualismus zu überwinden, was doch nichts weiter bedeutet, als eine Seele mal eben komplett abzuschaffen. Vielleicht solltest du mal mit "Orange" reden.

Klack.
An dieser Stelle war leider die Kassette zu Ende. Wir wissen nur, dass unser armer Hirnforscher noch nachdenklicher wurde und immer unermüdlicher ins Kaminfeuer starrte. Es war, als würde er hoffen, dort eine Lösung zu finden. Wir können hier schon verraten, dass diese Lösung tatsächlich in gewisser Weise im Feuer lag. Aber Hirni hatte zu diesem Zeitpunkt noch einen gewissen Weg vor sich und konnte sie so jetzt noch nicht erkennen. Leider war das Gespräch zwischen Hirni und Femi teilweise ein wenig technisch und undurchsichtig. Aber wir bleiben jetzt dran, an Hirni. Und einiges, jetzt vielleicht noch Unverständliche, wird später bestimmt noch ein wenig klarer werden.

"Orange" müssen wir noch erklären. Er ist ein

*guter Freund von Hirni, der ein etwas ande-
res Leben führt. Wegen seiner Vorliebe für die
Farbe Orange haben wir ihn "Orange" genannt.
Orange ist das, was man einen eher "spirituellen" Menschen nennt; er hat sich mit verschiedenen Religionen und Mythen beschäftigt
und in noch viele andere Bereiche mal "hin-
eingeschnuppert". Er ist ein durchweg skurriler Typ. Hirni und Orange verstehen sich
sehr gut, wenn sie sich nicht zu häufig treffen
und kritische Diskussionen vermeiden. Aber er
ist natürlich auch ein Mann, wenn auch ein
seltsamer und Hirni ist noch nicht ganz klar,
warum Femi vorgeschlagen hat, sich ausge-
rechnet mit ihm zu treffen. Wir können schon
verraten, dass es wieder mit dem Bildschirm
zu tun hat ...*

In der Kantine

Am nächsten Morgen brach Hirni früh zur Arbeit auf. Er hatte an diesem Tag viel zu tun, in seinem Forschungsinstitut, und seine Erlebnisse vom Vortag schon bald fast vergessen. Ein neuer Praktikant war gekommen und stellte viele Fragen. Und gerade an diesem Tag stellten sich besonders viele Fragen, denn eine Reihe von Patienten mit verschiedenen Krankheiten wurden von Hirni und seinen Kollegen untersucht. Diese Patienten sollten an verschiedenen Experimenten teilnehmen (nichts gefährliches, die Experimente waren mehr so eine Art Spiel) und dabei sollte ihr Kopf mit speziellen Geräten fotografiert werden. Hirni und seine Kollegen wollten dadurch mehr über die Arbeit der Gehirnzellen, der Neuronen, lernen. Solche Arbeit mit Patienten ist natürlich streng geheim und vertraulich und wir hatten leider keine Möglichkeit, Gespräche zu belauschen. Aber beim Mittagessen in der Kantine hatten wir das Glück, am Nachbartisch von Hirni und seinen Kollegen einen Platz zu bekommen. Der Praktikant war auch sehr geschickt und hatte sich direkt gegenüber von Hirni einen Sitzplatz ergattern können. Er war sehr begierig viel zu erfahren und so hatte Hirni kaum Gelegenheit, einmal eine Gabel in den Mund zu stecken. Aber das Gespräch zwischen den beiden war wieder höchst interessant (und ein wenig geheimnisvoll) und sei euch hiermit übermittelt.

Praktikant: Wow, das war ein Tag bisher! Sehr aufregend, diese vielen verschiedenen Menschen zu sehen. Und sehr beeindruckend, denn sie alle hatten doch irgendwie Schwierigkeiten mit ihrem Gehirn, oder? Ich meine, das Gehirn scheint wirklich alles zu sein. Mehr als man meist so glauben kann.

Hirni (*schmatzt ein bisschen*): Ja, diese Erfahrungen können einen schon sehr nachdenklich stimmen. Haben Sie im Rahmen ihres Studiums bisher auch schon ein wenig Philosophie betrieben?

Praktikant: Ja, aber da war ich in den falschen Seminaren. Nur Kant und Hegel und so ein Zeugs. Alles sehr veraltet und ohne Bezug zu den Umwälzungen, die gerade von den Neurowissenschaften eingeleitet werden. Eigentlich skandalös, dass man es an so einer renommierten Uni versäumt, hier adäquate Angebote zu machen und die Studenten stattdessen Jahrhunderte-alte Theorien wieder kauen lässt!

Hirni (*hat sich ein wenig verschluckt und muss nun noch etwas husten*): Nun ja, ob diese Herren soooo überholt sind, würde ich jetzt nicht wagen, zu beurteilen. Und ob es so ganz sinnlos ist, sich mit diesen Ansichten näher und gründlicher zu beschäftigen, würde ich eigentlich auch eher bezweifeln!

Praktikant: Aber diese Menschen heute! Der

eine hat sich ständig verschreckt umgesehen und so vorsichtig geantwortet, dass man direkt sehen und auch *fühlen* konnte, dass er sich von Monstern oder Geheimdiensten oder sowas verfolgt sieht! Und dann diese zerstreute Frau, der Sie fünfmal erklärt haben, wo sie ist und warum. Wirklich fünfmal - ich habe mitgezählt! Immer wieder alles von vorn. Und dieser Mann mit dem Kopfverband, der wirkte so unbeteiligt an überhaupt allem, dass es einen glatt geschaudert hat. Dem möchte ich nicht im Dunkeln begegnen. Der wirkte, als würde er weder Gnade noch Mitgefühl kennen. Und das alles macht das Gehirn! Oder bei diesen Menschen eben nicht mehr! Da komm mir noch einer mit diesen Philosophen! Hegel und sein Weltgeist! Und diese unqualifizierte Bemerkung zur Phrenologie! Aber der war ja wohl sowieso meist betrunken, wenn er etwas geschrieben hat.

Hirni: Dem Mann mit dem Kopfverband wurde ein Tumor im Stirnhirn entfernt. Sie wissen, wo das Stirnhirn ist?

Praktikant: Klar, hinter der Stirn! Man sagt auch "präfrontaler Cortex" dazu. Dieser Gehirnbereich soll eine zentrale Rolle bei der Handlungsplanung spielen.

Hirni: Da gibt es ja einige klassische Fälle, nicht wahr?

Praktikant: Ja, da haben wir Phineas Gage, Elliot und an Penfields Schwester kann ich mich noch erinnern.

Hirni *(schmatzt noch)*: Aber die kann man ja alle nicht unbedingt als "gefühllos" bezeichnen, oder?

Praktikant: Nein, natürlich nicht. Aber da kann man ja eben nur Berichte drüber lesen.

Die Menschen heute habe ich ja selbst erlebt. Das ist schon nochmal was anderes!

Hirni: Nun, unser Mann mit Kopfverband ist vielleicht vergleichbar zu dem Elliot, den sie erwähnten!

Praktikant: Hm, ja, vielleicht. Kann schon sein.

Hirni: Und ist es nicht bezeichnend, dass alle drei Patienten, die sie gerade erwähnt haben, unterschiedliche Phänomene zeigten, obwohl jeweils das Stirnhirn betroffen war?

Praktikant: Naja, es waren sicher jeweils verschiedene Teile des Stirnhirns betroffen. Oder vielleicht ist es auch denkbar, dass jeder Mensch Informationen an anderen Stellen innerhalb des Stirnhirns ablegt?

Hirni: Es gibt sicher individuelle Differenzen. Burgess zum Beispiel hat eine Reihe von Patienten mit geschädigtem Stirnhirn beschrieben, die in allen klassischen diagnostischen Tests keinerlei Einschränkungen zeigten, aber im täglichen Leben hoffnungslos überfordert waren. Vielleicht vergleichbar zu Penfields Schwester, die Schwierigkeiten hatte, eine Mahlzeit vorzubereiten, weil sie immer wieder scheinbar wahllos zwischen den verschiedenen notwendigen Teilaufgaben, wie Zwiebeln schneiden, Kartoffeln schälen, Salat waschen, usw. hin- und hersprang und keine zu Ende brachte, bis ihr Bruder ihr mit kleinen Anweisungen zur Seite sprang.

Praktikant: Ja, hm. Ich verstehe noch nicht, worauf Sie hinaus wollen.

Hirni: Unser Stirnhirn ermöglicht uns offensichtlich, Prioritäten zu setzen; erst Zwiebeln fertig schälen, dann Kartoffeln usw. Außerdem scheinen auch unsere sozialen Verhaltensregeln in diesem Bereich angesiedelt zu sein; dies illustrieren die Fälle von Phineas und Elliot. Bei beiden änderte sich nach der Verletzung des Stirnhirns, bzw. nach der Entfernung eines Teils ihres Stirnhirns, das Sozialverhalten beträchtlich. Phineas begann plötzlich wild zu fluchen und Elliot interessierte sich scheinbar nicht mehr für seine Familie oder sein soziales Umfeld. Aber meinen Sie, dass beiden damit auch die Fähigkeit etwas zu empfinden abhanden gekommen war? Waren Elliot und Phineas nun etwas Ähnliches wie Roboter, ihrer Ansicht nach?

Praktikant: Nun, man kann ja nicht hineinschauen in einen Menschen ... hahaha. Wir haben natürlich heute schon in die Köpfe der Patienten geschaut; aber ich meine, ihre Gefühle konnten wir dabei natürlich nicht wirklich sehen.

Hirni: Ach tatsächlich? Was haben wir denn gesehen?

Praktikant: Naja, wir haben das Gehirn der Patienten gesehen und später haben wir anhand der Gehirnbilder verschiedene Teile des Gehirns ausmachen können, wo mehr oder weniger Aktivität stattfand.

Hirni: Was heißt "Aktivität"?

Praktikant: Naja, dass dort Neuronen arbeiten, also feuern.

Hirni: Und was machen die Neurone mit ihrer Arbeit?

Praktikant (*mittlerweile steht ihm seine Verwirrung auf dem Gesicht geschrieben; er weiß gar nicht, was diese ganzen Fragen sollen, ob der Herr Professor ihn vielleicht prüfen will?*)**:** Ja, also, was machen sie damit? Hm. Also naja, wenn manche Neuronen feuern, sehe ich ein rotes Dreieck. Bei anderen vielleicht einen Baum.

Hirni: Sehen Sie dann ein rotes Dreieck, weil die Neurone feuern oder weil es wirklich ein rotes Dreieck in ihrem Gesichtsfeld gibt?

Praktikant *(ist sich jetzt sicher, dass er geprüft wird, weil der Professor ihn vielleicht anstellen will!)*: Ähm, also es ist ja eigentlich so, dachte ich, dass da ein rotes Dreieck in meinem Gesichtsfeld ist. Also zum Beispiel auf diesem Blatt Papier *(malt auf eine Serviette ein Dreieck mit Ketschup)*. Die Strahlen des Dreiecks, also die Wellen oder Lichtreflexionen treffen auf mein Auge, auf die Netzhaut und werden von den kleinen Zellen dort, Rezeptoren heißen die, glaube ich, an das Gehirn weiter geleitet. Auf Grund der Anordnung der Wellen im Gesichtsfeld reagieren bestimmte Neuronen. Irgendwann reagieren dann die Neuronen, die für ein rotes Dreieck, oder vielleicht eine Gruppe für "rot" und eine andere für "Dreieck", d.h. diese Neuronengruppen beginnen zu feuern. Und dann sehe ich ein rotes Dreieck. Ich sehe also ein rotes Dreieck, weil in meinem Gesichtsfeld etwas Rotes und Dreieckiges tatsächlich ist und weil die Neurone dann feuern und mir so mitteilen: Das ist ein rotes Dreieck.

Hirni *(konnte jetzt tatsächlich mal ein bisschen was essen, aber sein Teller ist noch immer fast voll!)*: Das ist interessant! Wer ist "mir"?

Praktikant: Wie "mir"?

Hirni: Naja, sie sagten, die Neurone würden *Ihnen* mitteilen, dass es sich um ein rotes Dreieck handelt.

Praktikant: Ja, schon.

Hirni: Wer sind *Sie* im Gegensatz zu *Ihren Neuronen*? *Wem* sagen die Neurone etwas?

Der Praktikant ist nun völlig verwirrt und schweigt. Er hatte eigentlich ganz etwas anderes wissen wollen. Und außerdem ging es doch um die Gefühle der Patienten, die man nicht sehen konnte, auf den Bildern. Und um die veränderten Gefühle oder verändertes Verhalten nach Stirnhirnverletzungen. Was hatte das alles miteinander zu tun? Hirni aber sprang plötzlich auf und murmelte, dass man das Gespräch gern am Nachmittag fortsetzen könne. Jetzt müsse er etwas Wichtiges erledigen. Das ist natürlich schade, denn sehr gern hätten wir gewusst, was Hirni dem Praktikanten noch erklärt!

Aber wir sind erstmal hinter ihm her gelaufen, und, was soll ich euch sagen, was er Wichtiges machen wollte? Ich verrate es euch, auch wenn es an dieser Stelle ein wenig seltsam klingt. Hirni ist in sein Büro gerannt und hat Orange angerufen. Sie treffen sich am Abend zum Essen (!) in einem Restaurant.

Und auf noch etwas muss ich euch an dieser Stelle hinweisen: Ist euch aufgefallen, dass unter den drei Patienten von denen gesprochen wurde, zwei Männer waren, über die man mit Namen gesprochen hat (Elliot und Phineas), aber die weibliche Patientin wurde nur als die "Schwester von Penfield" bezeichnet! Und natürlich war die Einschränkung von der berichtet wurde, eine Einschränkung beim Essen kochen. Sehr typisch. Bei den Männern redete man hingegen vom Sozialverhalten. Kant und Hegel sind natürlich auch Männer. Und gesprochen haben jetzt gerade auch nur Männer. Das kann natürlich alles auch Zufall sein; aber es ist mindestens bemerkenswert und Femi scheint auf etwas sehr Wichtiges hingewiesen zu haben! Ob Hirni dies auch bemerkt hat?

Orange

An diesem Abend muss Hirni ziemlich erledigt gewesen sein. Er saß sehr matschig und schon etwas missmutig im Restaurant und studierte innig die Speisekarte, als Orange endlich auftauchte. Fast eine Stunde zu spät! Wir waren natürlich schon vorher da und hatten uns ein gemütliches, aber unauffälliges Plätzchen in Hör- und Sichtweite ausgesucht. Hier also der Verlauf des Gesprächs.

Orange: Hi, Alter! Schön dich zu sehen!

Hirni: Na endlich! Ich dachte schon, du würdest mich versetzen!

Orange: Quark, würde ich doch nie, du kennst mich doch.

Hirni: Na, man sollte nie "nie" sagen..... Wie geht's denn so? Was machst du gerade?

Orange: Och, so hier und da mal was. Im Moment habe ich gerade einen echt abgefahrenen Job in einer Art "Kultur-Kneipe".

Hirni: Kultur-Kneipe? Was ist denn das?

Orange: Naja, das ist halt eine ganz normale Kneipe, die aber zusätzlich eine kleine Bühne hat und darauf werden die unterschiedlichsten Veranstaltungen präsentiert.

Hirni: Aha, und was machst du da? Veranstaltungen oder Bier ausschenken?

Orange *(grinst, denn Hirni hatte das natürlich ein wenig abfällig gemeint. In Hirnis Augen war Orange einfach kein Mensch, der einen ernsthaften Job haben könnte)*: Beides. An drei Abenden die Woche stehe ich hinter der Theke, und einmal jeden Monat darf ich auf die Bühne. *(Jetzt grinst Orange noch breiter!).*

Hirni: Auf die Bühne? Und was machst du dann da?

Orange: Och, verschiedenes. Mal lese ich Gedichte vor, mal mache ich ein wenig wirklich abgefahrene Musik, mal bringe ich etwas Satirisches. So je nachdem.

Hirni: Na, das klingt ja abwechslungsreich! Gefällt es dir?

Orange: Ja, sehr gut! Und wie läuft es bei dir? Hat mich ja sehr gefreut, dass du dich mal wieder gemeldet hast; das letzte Mal ist Monate her!

Hirni: Ja, du weißt ja wie das ist. Viel Arbeit am Institut, meist kommt man kaum zum Verschnaufen.

Orange: Klar, Mann. Und jetzt hast du gerade Verschnaufpause?

Hirni: Nee, eigentlich nicht.

(In diesem Moment kommt der Kellner, um die Bestellung aufzunehmen. Hirni ist ganz erleichtert, denn er weiß grad' nicht, wie er eigentlich womit anfangen soll.)

Orange: Und, wie geht's Femi?

Hirni: Danke, gut. Sie ist auch viel beschäftigt. Manchmal laufen wir uns tagelang kaum über den Weg.

Orange *(grinst sehr eigentümlich)*: Vielleicht hättet ihr euch Kinder zulegen sollen!

Hirni *(ist nun sehr erleichtert, denn das ist ja*

ein gutes Stichwort für einen unverfänglichen Einstieg): Ja, da hast du bestimmt Recht! Kinder sind wirklich etwas sehr fantastisches und sicher auch etwas, das uns gehörig fehlt. Gerade erst gestern hatte ich ein sehr beeindruckendes Gespräch mit einem 5-jährigen Kind in einem Kindergarten.

Orange: Du - in einem Kindergarten? Und sprichst sogar mit den Kindern?

Hirni: Nun ja, warum nicht?

Orange: Bisher hatte ich den Eindruck, dass euer Leben nur aus Arbeit besteht und ihr gar keine Zeit für "Kindereien" habt, bzw. euch keine Zeit dafür nehmt!

Hirni: Ja, vielleicht sind Femi und ich, sind wir beide, ein wenig zu engagiert in unseren Jobs. Und ich muss zugeben, Femi hat als Bedingung ans Kinderkriegen immer geknüpft, dass ich dann auch kürzer trete in meinem Job. Aber - wie soll ich denn das machen?! Als Mann ist sowas unmöglich, wenn man seine Position nicht verlieren will!

Orange: Aha. Sicher?

Hirni: Ja, sicher! Ich müsste Einschränkungen hinnehmen, finanzieller Art aber sicher auch im Hinblick auf meine Position im Institut.

Orange: Und Frauen müssen sowas nicht in Kauf nehmen, wenn sie Kinder kriegen wollen?

Hirni: Nun ja. Natürlich. Aber sie sind eher daran gewöhnt, haben meist sowieso nicht so die gehobeneren Positionen und eine Frau, die nur Teilzeit arbeitet, wird im Berufsleben leichter akzeptiert als ein Mann, der dies tut. Außerdem haben sie ja dann die Kinder zum Ausgleich. Das ist doch auch sehr schön!

Orange: Ach, tatsächlich? Und ein Mann hätte

nicht die Kinder als "Ausgleich"?

Hirni: Ähm, ja, sicher. Aber da gibt es ja noch die anderen Einschränkungen. Wenn du selbst einmal im wirklichen Berufsleben gestanden hättest, wüsstest du wovon ich rede.

Orange: Da schau her! Tut mir leid, dass *du* meinst, *ich* könnte da nicht mitreden! Aber ich muss dir leider mitteilen, dass *du* da nicht ganz auf dem neuesten Stand bist! Ich habe eine ganze Reihe befreundeter Familien, in denen sich die Eltern die Familienarbeit, oder besser Familien*zeit*, teilen! Entsprechend treten beide im Job etwas kürzer, was noch nicht mal heißt, dass sie ihre Position verlieren! "Emanzipation der Männer" nennt man das! Was heißt, dass Männer zunehmend lernen, ihre alten verzogenen Ideale zu überdenken. Denn das, was du da vertrittst, sind doch die ollen "Mann, der Jäger"-Kamellen. Das ist nun wirklich steinzeitliches Denken, wobei noch nicht mal erwiesen ist, dass in der Steinzeit derart steinzeitlich gedacht wurde!

Hirni *(ahnt nun langsam ein wenig, warum Femi ihn zu Orange geschickt hat - Orange ist ein Feminist!)***:** Ja, 'tschuldige, ich war vielleicht etwas voreilig. Vielleicht habe ich da wirklich etwas den Anschluss verpasst.

Orange: Naja, zumindest ist das ein Punkt, den du vielleicht noch einmal gründlicher überdenken solltest! Aber was hat dich nun in den Kindergarten getrieben und was war das für ein Kind, das in der Lage ist, einen derart großen und namhaften Hirnforscher zu beeindrucken?

(An dieser Stelle erzählt Hirni nun von dem Gespräch mit JTZ. Und er erzählt auch von seinem Gespräch mit Femi darüber. Beide

Gespräche kennen wir ja schon und Hirni erzählt sie auch in etwa richtig, jedenfalls die wichtigen Sachen, deswegen können wir diese Erzählungen jetzt wieder überspringen. In der Zwischenzeit ist übrigens auch das Essen gekommen. Ob es wohl wieder kalt wird?)

Hirni: ... und ehrlich gesagt, war es auch Femi, die gemeint hat, ich sollte mich mal wieder mit dir treffen. Nicht, dass ich das sonst nicht gern getan hätte - du weißt, ich mag dich sehr gern - aber in Hirnfragen hielt ich bisher immer eher mich für den Experten, ehrlich gesagt. Meist haben wir solche Themen ja auch vermieden.

Orange: Naja, ob du's glaubst oder nicht: ein Hirn habe ich auch! Und, ohne dich erschüttern zu wollen: Es besteht die Vermutung, dass mindestens alle Menschen auf der Welt mit einem Gehirn ausgestattet sind. Und in der Tierwelt ist selbiges auch sehr häufig anzufinden. Da gibt es also jede Menge Hirnexperten! *(grinst).*

Hirni: Ja, sicher, aber ich meine es ja ernsthaft. Natürlich hast du Recht; jeder hat ein Gehirn und daher ist jeder Experte in der Verwendung seines Gehirns. Aber das ist der Punkt! In der Verwendung des eigenen Gehirns. Und selbst da könnte ich noch manche gute Ratschläge erteilen, wie man sein Gehirn optimal nutzen kann!

Orange: Da schau her! Da bin ich ja neugierig! Vor allem, wie du mir erklären willst, *wer* denn mein Gehirn benutzen kann! Wenn ich mein Hirn bin und nichts weiter - und das war doch bisher deine unumstößliche Prämisse - dann kann *ich* es schlecht *nutzen*! Wer also ist dieser geheimnisvolle Benutzer?

Hirni *(sehr nachdenklich)*: Ja, genau deswegen habe ich dich dann heute Mittag angerufen. Wir hatten diese Hirn-Benutzer-Debatte ja schon des Öfteren ansatzweise. Aber ich fand die Fragestellung einfach immer ein wenig seltsam. Quasi veraltet und überholt. Ich bin mein Gehirn, es gibt keinen Benutzer. Aber heute Mittag hatte ich dann ein seltsames Gespräch mit einem Praktikanten. Wobei nicht das Gespräch selbst seltsam war, der Praktikant war lange nicht so pfiffig wie JTZ; es war eher so, als würde plötzlich mein ganzes Weltbild zu wanken beginnen. Der Punkt ist, dass ich mit meinen Bildern vom Gehirn zwar Neuronenaktivitäten verfolgen kann; aber ich sehe darauf keine Äpfel, keine Bäume, keine Gefühle. Wenn man in ein Gehirn sieht, sieht man nur feuernde Neurone. Es ist wie mit dem Computer-Bildschirm. Vorher war mir dieser Punkt nie *so* ins Auge gesprungen. So deutlich, aufdringlich und offensichtlich. Klar, da sind "Äpfel", "Bäume", "Roteindrücke" - mentale Zustände eben - alles überflüssiger Firlefanz über dessen Bedeutung man noch grübelt. Aber seit JTZ, diesem Computer-Bildschirm und dem Lachen sehe ich irgendetwas anders. Ich kann es nicht genau ausdrücken, aber es ist mir irgendwie ein wenig unheimlich zu Mute...

Orange: Armer Hirni! Du hast den Geist entdeckt! Den Kosmos, das Universum, die Welt! Du siehst die Welt neu, oder eigentlich siehst du die Welt vielleicht grad' zum ersten Mal. Klar, dass einem da schwindelig wird!

Hirni: Geist, Kosmos, Universum. Ich weiß nicht, was soll ich denn damit anfangen! Was soll er sein, dein "Geist"?

Orange *(grinst lang und breit)*: Na, dein Computer-Bildschirm gibt doch einen deutlichen Hinweis! Warum sollten diese Bilder dargestellt werden, wenn sie sich niemand ansieht!

Hirni: Aber genau das ist ja die Frage! Warum sehe ich Bäume, Äpfel, rote Dreiecke? Wenn ich mir den Menschen wie einen Computer vorstelle, oder nehmen wir lieber den Roboter, so könnte er die ganzen Informationen der Außenwelt einfach verarbeiten und die entsprechenden Handlungen einleiten ohne dazu auch noch Bilder, Empfindungen, *Erlebnisräume* zu produzieren! Dieser Mensch-Roboter empfängt über verschiedene Schnittstellen verschiedene Informationen. Diese kann er entsprechend seinen Programmen - also den neuronalen Verschaltungen - verarbeiten und in angemessene Handlungen umsetzen. Er kann damit fröhlich handeln ohne selbst fröhlich zu sein, nur so als Beispiel und nur sofern "Fröhlich-sein" denn tatsächlich irgendwie erforderlich ist oder überhaupt existiert. Neurone sind ja an sich, entsprechend unseren physikalischen Vorstellungen, selten fröhlich oder überhaupt irgendwie gestimmt. Der Mensch-Roboter kann also z.B. Bauminformationen verarbeiten ohne ein Bild von einem Baum erzeugen zu müssen. Es ist quasi so, als würde dieser Mensch-Roboter alles verarbeiten und alles können aber trotzdem noch ein Bild von allem, ein Erleben von allem, produzieren: Bäume eben und Gefühle. Der Mensch-Roboter hat also außer seinen verschiedenen Schnittstellen zur Aufnahme und Ausgabe von Außenwelt-Signalen quasi einen zusätzlichen Computer-Bildschirm, aber eigentlich gibt es niemanden der darauf schaut.

Orange: Ach?

Hirni *(ist jetzt sehr aufgeregt; er wühlt Papier und Stifte aus seiner Aktentasche und fängt an zu malen)***:** Pass auf. Es ist ein bisschen schwierig und gleichzeitig ganz einfach. Man muss aufpassen, dass man sich nicht verläuft.

(Was sollen wir sagen, ohne dieses Bild, das Hirni gemalt hat, machen die ganzen weiteren Erklärungen keinen Sinn. Wir haben aber keine Mühen gescheut und konnten das Papier schließlich ergattern. Ihr findet es auf der Seite 42; wir haben noch ein paar Erklärungen ergänzt, so wie wir sie aufschnappen konnten.)

Verstehst du, wenn die physikalische Welt - und dazu gehören mal die Neurone - kausal geschlossen ist, d.h. also, wenn das Feuern von Neuronen immer wieder das Feuern anderer Neurone bewirkt und damit *Handlungen*, wenn es also *nicht* erforderlich ist, dass die Neurone irgendwann einmal quasi "anhalten" und warten bis ein "Geist" alle Empfindungen ausgewertet hat und entsprechende Anweisungen gibt, wenn dieses nicht erforderlich ist, können die Neurone ganz allein arbeiten. Nirgendwo müsste ein Bild von einem Baum entstehen, denn die Signale, die Lichtwellen, die in das Neuronennetzwerk einströmen, werden verarbeitet und führen zu entsprechenden Handlungen. So ähnlich wie mit einem Foto, das von einer Maschine untersucht wird. Diese Maschine macht sich auch kein "Bild von dem Bild" sondern analysiert die Einzelteile. Im Gehirn habe ich eben feuernde Neurone. Da sind einfach keine Äpfel! Woher kommen diese Äpfel dann, verdammt? Warum sehe ich Äpfel?

Orange *(grinst wieder ganz schrecklich vergnügt)***:** Wo ist hier ein Apfel? Siehst du auch Marsmännchen vielleicht? So klein und grün mit Antennen auf dem Kopf?

Hirni: Ach komm, du weißt schon, wie ich das meine! Es ist irgendwie so, dass es gar nicht die Frage ist, *wie* mentale Zustände, also so nennt man den "Geist" oder alle Empfindungen oder die Psyche oder meinetwegen "die Seele" heutzutage, wie diese mentalen Zustände also an physischen Zuständen hängen, an Neuronenaktivitäten und *warum* sie erzeugt werden, wenn sie denn wirkungslos sein sollten. Das Phänomen ist, **dass** sie erzeugt werden! *(Hirni ist jetzt wirklich sehr aufgeregt!)* Das Phänomen, das eigentliche Phänomen ist, dass du im Kopf nur feuernde Neurone *hast*! Diese stellen quasi einen Code dar - die Neurone kodieren etwas. Und irgendjemand kann dies irgendwie lesen und interpretieren! Es entstehen Bilder aus diesen feuernden Neuronen, Gerüche, Empfindungen, Geräusche, eben *Erlebnisräume*! Und das ist die Welt, in der wir leben! Das Spüren des Regens auf der Haut, die Sonnenstrahlen im Gesicht, der Geruch von Frühling, **das ist der Geist**! Das Gehirn ist einfach ein **Übersetzer**! Es übersetzt etwas, von dem wir nicht wissen, was es eigentlich ist, in ein Feuern von Neuronen. Durch diese Neuronenaktivität sehe ich Bilder, höre Töne, habe Gefühle. Das Gehirn ist ein **Vermittler**. Es vermittelt Signale einer äußeren Welt, von der der ich *an sich*, wie eben schon bei Kant, eigentlich gar nichts weiß, offensichtlich in Signale, die ich verstehen kann. Und dies *ist* mein Erlebnisraum, *ist* mein Geist. Diese Übersetzung ist offenbar notwendig, um ein "Außen" erfahren zu können. Mein Erleben **ist** geistig. Dies ist ein so einfacher, so aufdringlicher Umstand; aber er ist so weitreichend!

(Hirni hat sich jetzt sehr in Rage geredet und er ist plötzlich sehr erschöpft; er hat fast ein paar Tränen in den Augen. Aber es sind vielleicht eher eine Art Freudentränen?)

Orange: Klar Mann, was sonst! Und was ist jetzt eigentlich dein Problem? Du fragst dich, ob es auch eine Tastatur gibt, oder?

Hirni *(seufzt schwer)***:** Ich weiß es nicht! Es ist alles so neu und gleichzeitig so vertraut. Vielleicht muss ich mich noch daran gewöhnen. Eigentlich wollte ich dich ja fragen, wann sie denn eigentlich, historisch gesehen, entstanden ist, diese Idee, dass es eine Seele, einen Geist oder jedenfalls etwas nicht-materielles gibt. Denn du hast dich doch viel mit eher so "spirituellen" Sachen beschäftigt. Da müsste dir doch etwas über den Weg gelaufen sein, oder? Erzähl ein bisschen, vielleicht finde ich dann wieder einen Ankerpunkt in dieser Welt.

Orange: Hach, das ist prima. Wie es der Zufall so will, habe ich hier einen Brief bei mir. Den habe ich heute morgen in meinem Briefkasten gefunden. Ein tibetanischer Mönch hat ihn mir geschickt - ja, da staunst du! Ich habe Briefkontakte in die ganze Welt. *(grinst wieder sehr breit).* Aber er schreibt natürlich sehr undeutlich. Ich werde ihn für dich übersetzen und etwas überarbeiten. Ich schicke ihn dir dann. Er wird dir bestimmt gut tun!

(Tja, an dieser Stelle war ihr Gespräch dann erstmal beendet. Sie redeten zwar noch lange über allerlei Firlefanz und stocherten dabei im kalten Essen herum, aber es war nichts für uns Wichtiges mehr dabei.)

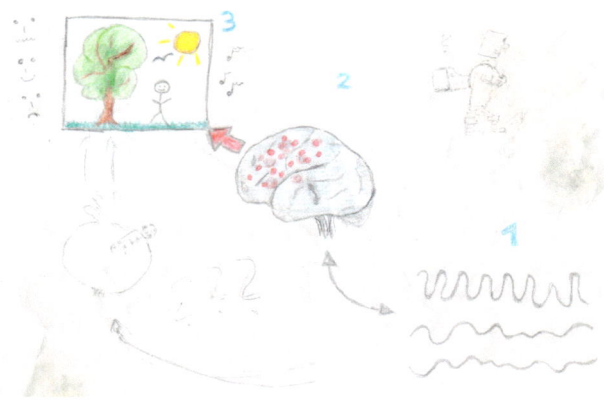

Das also ist Hirnis Zettel, den wir vom Kellner organisieren konnten. Er war natürlich sehr zerknittert und ein wenig verschmiert und ursprünglich nicht bunt, aber wir haben die wichtigen Sachen, so wie wir sie erkennen konnten, einfach bunt nachgemalt, damit man sie besser sieht. Nach allem, was wir dazu herausfinden konnten, meinte Hirni folgendes: Die Welt "draußen", also alles, was wir hören, sehen, fühlen, riechen oder schmecken, kommt in Form von irgendwelchen Wellen (die blaue 1) über die verschiedenen Sinnesorgane (Ohr, Auge, Haut, Nase, Mund) zum Gehirn. Dort wird es von den Neuronen im Gehirn verarbeitet - die blaue 2. Die roten Punkte im Gehirn sollen wohl die feuernden Neurone sein. Wenn die Neurone eh alles machen und alles verarbeiten und alles wissen, könnten sie nun andere Neurone direkt informieren, was zu tun ist. Vielleicht machen sie das auch, das weiß Hirni wohl auch nicht so genau. Jedenfalls informieren die einen Neurone, die für das Verarbeiten von den Eingangssignalen verantwortlich sind, dann auch die anderen Neurone, die für das Generieren der "Ausgangssignale" verantwortlich sind; das wären dann also vielleicht Bewegungen der Zunge, um zu sprechen, oder der Beine, um zu laufen. Deswegen geht der Pfeil zwischen 1 und 2 in beide Richtungen. Diese einen Neurone können also direkt die anderen Neurone quasi anweisen, was jetzt zu tun ist. Und die moderne Hirnforschung meint wohl, dass das auch genau so ist. Aber! Und jetzt kommt Hirnis ABER! Aber aus irgendwelchen geheimnisvollen Gründen und auf irgendeine geheimnisvolle Weise gibt es auch ein wirkliches Bild dieser ganzen Vorgänge. Das ist die blaue 3. In dieser Welt leben wir eigentlich. Über die "Welt 1" wissen wir ja eigentlich gar nichts. Sie wird vom Gehirn übersetzt in Welt 3. Das Gehirn bräuchte aber gar nicht zu übersetzen, weil es ja eh gleich weiter arbeiten kann. Hirni meint daher, die Welt 3 ist eigentlich der "Geist". Das Gehirn übersetzt Welt 1 in Welt 3, weil es irgendjemanden oder irgendetwas gibt, das Welt 3 versteht. Die Neuronen im Gehirn (blaue 2) erzeugen also nicht nur Antworten auf Eingangssignale sondern zusätzlich noch eine Art "Code", eine Kodierung, etwas wie eine Geheimsprache. Dadurch entstehen grüne Bäume und auch Äpfel. Im Geist! DEN Geist! Denn im Gehirn finden wir ja keinen Apfel, wie schon JTZ bemerkt hat. Ja, so in etwa meinte er das wohl vielleicht.

Im Labor

Am nächsten Morgen schlief Hirni seeeeehr lange. Dann stand er gemütlich auf, machte sich einen Kaffee und ein paar Rühreier, rief in seinem Institut an und sagte alle Termine für den Tag ab. Schließlich setzte er sich in aller Ruhe auf die Terrasse, um zu frühstücken. Wohlig lehnte er sich zurück und genoß die Sonnenstrahlen auf seiner Haut (jedenfalls sah es so aus).

Später machte er sich endlich auf den Weg, aber er fuhr nicht in sein Institut, sondern in den Kindergarten! Bevor wir unauffällig hinterher eilen konnten, kam er schon wieder heraus und zwar mit JTZ! Nun fuhren sie zusammen in sein Institut und dort konnten wir sogleich auf Horch- und Beobachtungsposten gehen.

Hirni: So, da sind wir. Das ist also unser Labor, in dem wir die ganzen Untersuchungen machen.

JTZ: Mhm, was ist ein "Labor"?

Hirni: Naja, sowas wie dies hier. Ein Raum, in dem allerhand Geräte stehen, mit denen man verschiedene Sachen untersuchen kann.

JTZ: Und was untersuchst du mit diesen Geräten hier?

Hirni: Ich fotografiere die Köpfe von Menschen, ihr Gehirn.

JTZ: Ach ja, Terminator, peng, peng, peng! Das hast du ja im Kindergarten schon erzählt. So sieht also ein Gehirn-Fotoapparat aus! Ziemlich komisch. Da muss man ja reinklettern, oder? Und den wolltest du mir zeigen?

Hirni: Ja, weil du gesagt hattest, ich mache vielleicht nicht alles richtig mit meiner Arbeit, wollte ich dir einmal genau zeigen, was ich eigentlich mache. Dies ist zum Beispiel ein Gehirnfoto von einem Menschen der gerade ein rotes Dreieck sieht.

JTZ: Echt? Zeig mal. Wow, habe ich auch sowas im Kopf?

Hirni: Was?

JTZ: Naja, diese vielen bunten Farben hier.

(Auf dem "Gehirnfoto" sieht man eine sogenannte Kernspintomographie eines Gehirns. Bereiche verschieden hoher neuronaler Aktivität sind darauf in verschiedenen Farben eingezeichnet.)

Hirni: Nein, solche Farben nicht direkt. Die Bilder hier sind nur nachträglich eingefärbt, quasi draufgemalt, damit man besser erkennen kann, welche Teile vom Gehirn am meisten arbeiten. Das sind die roten Teile hier. Gelb ist dann etwas weniger und die grünen arbeiten nochmal weniger. Im Gehirn arbeiten also an vielen Stellen viele verschiedene Gehirnzellen, damit der Mensch, dessen Kopf wir hier fotografiert haben, ein rotes Dreieck sieht.

JTZ: Mhm. Wo ist das Dreieck? Ich seh es gar nicht? Ist es das hier? *(Jetzt zeigt JTZ auf einen rot eingefärbten Bereich)* Das sieht aber gar nicht genau wie ein Dreieck aus.

Hirni: Nein, nein. Das Dreieck sieht der

45

Mensch, nicht sein Kopf, bzw. nicht sein Gehirn. Diese verschiedenen Nervenzellen machen, dass der Mensch, der zu dem Gehirn gehört, gerade ein rotes Dreieck sieht. Aber das rote Dreieck ist nicht selbst im Kopf.

JTZ: Ach soooooo. Das ist auf dem Bildschirm, von dem du im Kindergarten erzählt hast. Und den sieht man hier nicht, oder? Aber das hier ist ja auch ein Foto von einem Menschenkopf und nicht von einem Roboterkopf. Wo haben denn die Menschen ihren Bildschirm mit dem roten Dreieck? Kann man den Bildschirm denn hier sehen, wenn man schon das rote Dreieck nicht sieht?

Hirni: Hach, das wäre schön, wenn man diesen "Menschenbildschirm" auch fotografieren könnte. Aber das können wir nicht. Dieser "Menschenbildschirm" ist einfach da und wir wissen nicht wo und warum. Aber wir Menschen *können* Dreiecke sehen und Äpfel, das ist schon toll, oder?

JTZ: Ja, klar. Der Bildschirm ist quasi alles, die ganze Welt, auch wenn man nicht genau weiß, wo er eigentlich ist. Aber warum machst du eigentlich solche Kopffotos?

Hirni: Naja, bei manchen Menschen, man nennt sie auch "Patienten",...

JTZ: "Patienten" kenne ich. Das sind die beim Arzt mit dem Schnupfen.

Hirni: Genau, die nennt man auch "Patienten", weil sie krank sind. Die Patienten, die ich meine, haben eher im Kopf eine Krankheit. Bei ihnen arbeiten die Gehirne irgendwie anders. Obwohl man ihnen zum Beispiel nur einen roten Apfel zeigt, sehen sie aber ein Monster und bekommen fürchterliche Angst.

JTZ: Vielleicht sieht der Apfel dann auch wirklich wie ein Monster aus! Manche Äpfel sind ganz verschrumpelt. Da kann so ein großes Foto davon bestimmt unheimlich sein!

Hirni: Nein, so ist das in diesem Fall nicht. Diese Patienten sehen in fast allen Sachen etwas, das gefährlich ist. Sie können gar nicht spazieren gehen oder spielen oder sowas, weil sie vor fast allem Angst haben. Vielleicht auch vor Dreiecken zum Beispiel.

JTZ: Vor Dreiecken? Gemalten Dreiecken? Echt wahr?

Hirni: Nein, nicht so direkt! Sie vermuten einfach überall geheime Symbole und große Gefahren.

JTZ: Aha. Sie meinen also, ein Zauberer oder sowas, hätte alles verhext und deswegen sind alle Äpfel und Dreiecke gefährlich?

Hirni (*lacht ein bisschen*)**:** So ähnlich vielleicht.

JTZ: Und könnte man ihnen dann nicht einfach sagen, dass es Zauberer nicht echt gibt? Wahrscheinlich gibt es jedenfalls nicht so Zauberer, oder?

Hirni: Nein, solche Zauberer gibt es wohl nicht. Aber es nützt nichts, dies den Patienten zu sagen, denn sie glauben, der, der das sagt, ist auch verzaubert.

JTZ (*schaut Hirni ganz eigenartig an*)**:** Boah. Bist du verzaubert?

Hirni (*lacht wieder*)**:** Nein, mach dir keine Sorgen! Ich bin nicht verzaubert, jedenfalls nicht von so einem bösen Zauberer, ich habe keine Angst.

(Vielleicht meint Hirni hier eigentlich, dass er schon ein bisschen verzaubert ist, seit er sich mit JTZ im Kindergarten unterhalten hat. Aber das sagt er jetzt natürlich nicht, sonst wäre

JTZ komplett verwirrt.)

JTZ: Ach so, na dann ist es ja sicher, wenn du keine Angst hast. Aber boah, hast du nie Angst?

Hirni: Doch sicher habe ich manchmal Angst, wie du bestimmt auch, oder?

JTZ: Nee, ich hab nie Angst! Hmmmm, naja, vielleicht manchmal. Nachts, wenn ich aufwache und alles ist dunkel. Dann ist es ein bisschen unheimlich.

Hirni: Siehst du, und was machst du dann?

JTZ: Ich rufe Papa oder Mama. Oder ich mache das Licht an. Dann ist alles nicht mehr so unheimlich.

Hirni: Ja, und so was Ähnliches versuchen wir Hirnforscher auch. Wir versuchen quasi das Licht anzumachen, damit die Patienten nicht mehr so eine Angst haben müssen.

JTZ: Echt wahr? Mit diesen Kopffotoapparaten könnt ihr das Licht anknipsen und dann sehen die Patienten wieder rote Äpfel und keine Monster?

Hirni (*jetzt sehr nachdenklich*)**:** So ähnlich, ja, vielleicht. Naja, nicht direkt. Wir machen diese Kopffotos, um ein bisschen mehr darüber zu lernen, wie das Gehirn diese Apfel- und Dreiecksbilder überhaupt macht. Dazu fotografieren wir die Gehirne von Menschen, die keine Angst vor Äpfeln haben. Wenn wir da ein wenig mehr verstehen, können wir es vielleicht schaffen, die Gehirne der Patienten so zu verändern, dass sie einen Apfel nicht mehr mit einem gefährlichen Monster verwechseln.

JTZ: Oh! Ist das nicht auch gefährlich?

Hirni: Wieso?

JTZ: Naja, "Gehirne verändern" klingt irgendwie komisch. Und du kannst doch immer nur diese arbeitenden Zellen da sehen auf deinen Kopffotos. Du weißt ja nie, was die Leute wirklich grad' sehen. Wie willst du da machen, dass sie etwas *anderes* sehen? Und wie willst du wissen, dass sie etwas *besseres* sehen? Es könnte ja auch schlimmer sein, dann.

Hirni: Nein, das stimmt, das kann ich natürlich nicht. Aber wenn man ihr Gehirn ein bisschen verändert, das kann man zum Beispiel mit bestimmten Tabletten machen, und ich zeige ihnen dann ein Apfelbild, dann kann ich sehen, ob sie noch Angst haben oder nicht. Wenn sie keine Angst mehr haben, habe ich doch ein bisschen was besser oder richtig gemacht. Was meinst du?

JTZ: Naja. Ich weiß nicht. Vielleicht haben sie dann keine Angst mehr vor Äpfeln und dafür vor Birnen. Ich würde vielleicht vorsichtig sein, mit diesen Gehirntabletten.

Hirni (*wirkt jetzt noch nachdenklicher*)**:** Da hast du natürlich wieder recht. Man muss sehr vorsichtig sein und das sind wir Hirnforscher auch mit unserer Arbeit, meistens jedenfalls.

JTZ: Dann kannst du ruhig weiter machen. Aber pass mit den Tabletten auf, mach lieber ein paar mehr Kopffotos und versuch erstmal die Dreiecke und Äpfel zu finden. Weil wenn man die hat, könnte man ja sicherer sein, was man mit den Tabletten so anstellt. Aber den Bildschirm kann man ja gar nicht finden mit solchen Kopffotos oder überhaupt! Und stell dir vor, es gibt doch so einen Zauberer, dann verändert ihr lauter Gehirne und es hilft gar nicht oder macht sogar alles schlimmer! Ich werd jedenfalls kein Hirnforscher!

Hirni: Nein? Was wirst du dann mal, später?

JTZ: Terminator! Peng, peng, peng, ich rette

die Welt!

(Dann ist JTZ rausgelaufen und Hirni schnell hinterher, denn in so einem Institut dürfen Kinder eigentlich gar nicht sein, und schon auf keinen Fall alleine! Aber ein schönes Schluß-wort hat JTZ ja gesagt, fanden wir jedenfalls. Bis auf den Terminator, vielleicht. Obwohl JTZ dieses Berufsziel ja vielleicht noch mal über-denken wird, später, wenn JTZ weiß, dass aus dem Terminator noch ein merkwürdiger Gou-verneur geworden ist ...)

Am Feuer

An diesem Tag ist Hirni wieder sehr früh nach
Hause gegangen. Eigentlich gleich mit JTZ. Er
hat JTZ zurück zum Kindergarten gefahren
und ist dann gleich nach Hause. Dort hat er
alles für ein leckeres Essen vorbereitet (sogar
den Tisch gedeckt und so, mit Kerzen!) und
dann hat er im Kamin ein schönes Feuer an-
gezündet. Dort ist er dann sehr lange sitzen ge-
blieben und hat in die Flammen gesehen. Mal
glücklich, mal stirnrunzelnd, mal ganz ent-
spannt, mal ganz aufgeregt. Ach, was hätten
wir darum gegeben, wenn wir seine Gedanken
hätten lesen können! Konnten wir aber nicht.
Wir mussten warten, bis Femi nach Hause
kommt und können nur hoffen, dass er ihr alles erzählt.

Femi: Hui, schon wieder so früh zu Haus?
Hirni: Ja, was soll ich sagen, viele Dinge sind
passiert.
Femi: Wow! Was ist denn das? Hast du ge-
kocht? Und ein gedeckter Tisch, mit Kerzen.
Du bist doch nicht etwa krank?
Hirni: Ach nein! Und gekocht ist noch nicht.
Ich wollte warten bis du kommst, sonst wäre
es ja kalt geworden. Aber es ist schon alles

vorbereitet und es geht ganz schnell. Spaghetti mit Pesto.

Femi: Ich glaub's fast nicht. Fantastisch! Das ist genau das, was ich jetzt brauche. Ich hatte einen aufreibenden Tag. Das Telefon stand gar nicht still. Und überall fehlt alles an allen Ecken und Enden!

(Hirni ist derweil in die Küche gegangen und werkelt nun ein wenig herum. Femi streckt sich am Feuer aus, bis Hirni nach einer kurzen Weile mit dem Essen wieder herein kommt. Beide stürzen sich sofort darauf. Und niemand sagt kaum was. Aber klar - Spaghetti-essen geht einfach vor!)

Femi: Hmmmmmm, war das gut!

Hirni: Danke, freut mich sehr! Magst du noch einen Kaffee?

Femi: Klar, gerne. Vielen Dank. Aber langsam wird mir seltsam zu Mute. Du hast mich doch sonst kaum bemerkt, geschweige denn, dich um mein Wohlbefinden geschert. Du wirkst so verändert! Was ist passiert?

Hirni: Setz dich ans Feuer, ich komme gleich mit dem Kaffee und erzähle dir alles. *(Hirni verschwindet also wieder in der Küche - wir werden jetzt langsam ungeduldig! Aber endlich kommt er wieder, mit zwei Tassen extra lecker Capuccino - wir hätten fast gefragt, ob wir nicht auch eine haben können! Und dann geht es endlich los.)*

Femi: Hm, gut. Tut sehr gut alles heute. Jetzt erzähl. Was ist passiert?

Hirni: Wenn ich das nur so leicht in Worte fassen könnte! Es hat alles mit JTZ und dem Bildschirm zu tun. Damit hat es angefangen.

Femi: Du hast den Geist entdeckt!

Hirni *(sehr verblüfft)***:** Woher, wieso weißt du?

Femi: Naja, das war ziemlich offensichtlich nach unserem Gespräch vorgestern. Und heute hat mich dann noch Orange angerufen und von eurem erstaunlichen Abend gestern erzählt

Hirni: Dann weißt du schon alles? Und wusstest schon immer ....?

Femi: Naja, was heißt schon "alles"? Orange sehe ich ja schon rein beruflich wesentlich öfter als du. Und er informiert mich dann meist über seine neuesten Entdeckungen in Sachen "Geist". Von daher war mir auch dein Bildschirm von Anfang an nicht so rätselhaft wie dir, vielleicht. Aber diese Bildschirm-Idee hat was. Etwas ziemlich Treffendes, Einleuchtendes, in dieser unserer so mechanistisch denkenden Zeit. Was ich nicht wusste, ist wie tief dich diese Entdeckungen berührt haben. Du wirkst komplett verwandelt. *(Jetzt lächelt sie ein wenig träumerisch)* Fast so wie am Anfang unserer Beziehung. Erinnerst du dich noch?

Hirni *(seufzt wohlig)***:** Ja sicher, eine sehr schöne Zeit. Ja, irgendwie sind wir, oder bin ich, wohl so in die Arbeit und den Alltagstrott hineingerutscht, dass man darüber völlig vergisst, zu leben. Heute habe ich JTZ unser Labor gezeigt.

Femi: Wie, du hast JTZ aus dem Kindergarten geholt und dein Labor gezeigt? In dieses Heiligtum darf doch normalerweise niemand hinein. Und meist hast du doch einen Haufen Termine.

Hirni: Die habe ich alle abgesagt.

Femi: Was!?

Hirni: Ja, manchmal muss man ein wenig außergewöhnliche Dinge tun. Aber keine Angst *(bei diesem Wort muss Hirni breit grinsen)*, ich werde morgen meine Arbeit wieder wie gewöhnlich aufnehmen. Ich werd' jetzt nicht alles hinwerfen und nach Indien gehen.

Femi: Naja, wär' auch nicht schlecht.

Hirni: Ja, vielleicht sollte man so etwas tun. So allzu lange ist so ein Menschenleben ja nicht. Und im Moment fühle ich mich so süchtig danach, es zu genießen, es auszukosten. Es ist, als wäre ich neu geboren worden. Habe ich jemals vorher gespürt, wie schön dieses Kaminfeuer wärmt? Wie wunderbar das leise Knistern des Holzes ist? Wie schön es riecht und wie einzigartig sind diese Flammen! Sie wirken, als hätten sie selbst ein Leben. Sie sind Leben. Sie sind pure Energie. Energie, die man sehen und spüren kann.

Femi: Und hören und riechen, ja. Aber jetzt komm mal ein bisschen wieder auf den Teppich zurück. Von irgendwas muss man ja schließlich auch leben, sonst hat es sich schnell "ausgenossen" *(jetzt kichert Femi)*.

Hirni *(lacht)***:** Ja, da hast du wohl auch wieder Recht. Aber die letzten zwei Tage haben mein Leben, meinen Beruf in ihren Grundmauern erschüttert. Ist es wirklich sinnvoll, was ich tue? Heute, JTZ bei uns im Labor, da musste ich wirklich schlucken. Vielleicht ist das, was ich tue, nicht nur nicht sinnvoll, sondern sogar grundfalsch.

Femi: Ach was! Du zerschneidest keine Affen in Tierversuchen, du versuchst sogar alles, Tierversuche überflüssig zu machen. Und du hast Orange doch sogar erzählt, du könntest gute Tipps geben, wie man sein Gehirn besser benutzen kann. Jetzt, wo du den *Benutzer* des Hirns gefunden hast, musst du doch das *Hirn* nicht aufgeben! Jetzt, wo es vielleicht überhaupt erst jetzt einen Sinn macht! Finde raus, wie man es besser benutzt als wir Menschen es momentan in unserem Konsumwahn und unserer Zerstörungswut tun.

Hirni: Ach, will ich mir anmaßen, etwas besser zu wissen? Von den Bildern auf dem Bildschirm, den Räumen des Erlebens, den "Erlebnisräumen" weiß ich doch gar nichts. Ich starre nur auf Neurone!

Femi: Ach komm! Diese "Erlebnisräume" kennst du sehr gut, denn du erlebst sie ja fortwährend! Und du weißt sogar, wie das Gehirn, dein "Übersetzer" oder "Vermittler", Informationen filtert, so dass wir nur ausgewählte Aspekte unserer Umwelt überhaupt wahrnehmen. Du weißt, wie wir unser Gehirn auf Termine trimmen und dabei das JETZT, den Augenblick vergessen. Weil jedes JETZT einem späteren Ziel untergeordnet ist. Ein Ziel, das man selten erreicht! Man landet immer nur auf Zwischenstationen auf dem Weg zu einem nächsten Ziel. So verplempert doch unsere ganze sogenannte "zivilisierte" Welt ihr Dasein. IHNEN kannst du zeigen, wie sie das verändern können. Einfach indem du ihnen zeigst, wie es funktioniert! Dinge, Sachverhalte, die ich einmal reflektiert habe, kann ich verändern. Da ist dein Hirn-Benutzer! Deine Tastatur, meinetwegen. Und vielleicht kannst du so auch dem einen oder anderen eurer Patienten *wirklich* helfen.

Hirni (grinst)**:** Sind wir eigentlich verheiratet?

Femi (grinst auch)**:** Nein.

Hirni: Brauchen wir auch nicht, oder?

Femi: Nein, brauchen wir auch nicht.

Hirni: Wollen wir auch nicht, oder?

Femi: Nein, wollen wir auch nicht.

Hirni: Wollen wir dann aber vielleicht beide ein wenig weniger arbeiten?

Femi: Oh, du meinst....?

Hirni: Ich meine!

(An dieser Stelle haben wir uns schleunigst aus dem Staub gemacht. Wir mussten nämlich zum Zug. Allerhöchste Eisenbahn nach Hause zu kommen!)

Ein Brief von Orange

Hirni hatte lange auf den Brief von Orange warten müssen. Und ihr könnt euch sicher unsere Aufregung vorstellen, denn wir waren beständig am Rätseln, wie wir an den Brief herankommen sollten. Wir konnten ihn schlecht einfach stehlen! Das wäre wirklich zu weit gegangen. Außerdem war es unmöglich über Monate hinweg den Briefkasten von Hirni zu beobachten oder beobachten zu lassen. Daher hatten wir schon fast beschlossen, auf den Brief zu verzichten, denn wir haben ja auch so schon eine ganze Menge herausgefunden und es war ganz schön atemberaubend, oder?

Aber als wir alles aufgeschrieben, gemalt und fertig getippt hatten, haben wir festgestellt, dass irgendwie etwas fehlt. Es gab so viele merkwürdige Andeutungen und das letzte Gespräch von Hirni und Femi war jetzt auch nicht so ultra-ausführlich. Daher haben wir uns dann entschlossen, Hirni einfach alles zu zeigen, was wir bisher so geschrieben hatten und ihn direkt nach dem Brief von Orange zu fragen!

Und - was soll ich euch sagen? Hirni war begeistert! Und nicht nur das, er hat sofort den Brief von Orange herausgekramt und gemeint, dass wir den gerne für euch abschreiben können, auch wenn er vielleicht ein wenig eigentümlich und sehr lang ist (aber Orange ist ja eben auch ein skurriler Typ, das erwähnten wir schon). Aber wie gesagt, das Wichtigste haben wir ja eh schon erzählt und daher urteilt selbst; hier ist der Brief von Orange:

Lieber Hirni,

es tut mir leid, dass sich dieser Brief etwas verzögert hat. Aber du kennst mich ja ...

Gleich vorweg: den tibetanischen Mönch mit der allumfassenden Einsicht gibt es natürlich nicht. Hast du dir wahrscheinlich schon gedacht! Ich habe das bei unserem Gespräch im Restaurant damals erzählt, weil ich dich ein wenig beruhigen wollte. Und es hat dich ja beruhigt, nicht wahr? Es ist nämlich auch so, dass man diese ganzen Dinge über die Welt einfach aus sich selbst heraus lernen muss. Man muss eben in sich selbst hineinschauen. Fremde Erfahrungen oder Erzählungen sind hier oft nichts weiter als leere Bilder, die dann unverständlich oder vielleicht sogar abschreckend sind. Vielleicht habe ich auch deswegen mit diesem Brief ein bisschen länger gewartet ...

Aber nun kann ich dir ja getrost schreiben, über den Stand meiner Ermittlungen in Sachen "Geist". Ich habe mich darüber mit vielen Leuten unterhalten und auch geschrieben (ich habe wirklich Briefkontakte in die ganze Welt!), aber besonders geholfen hat mir eine faszinie-

rende Frau, eine weise Frau, würde ich sagen,
eine "Sophia". Sie wohnt in Indien. Du weißt,
es musste eine Frau sein! Ich werde dir später
noch mehr von ihr erzählen.

Also, wo soll ich anfangen? Erste wichtige Hin-
weise fand ich auch durch eine Frau, sie heißt
Annegret Stopczyk. Sie ist eine Art "Sophia-
Jägerin", eine "Weisheits-Suchende" und hat
schon ein paar Bücher geschrieben. Das beste
ist "Nein danke, ich denke selber", aber auch
"Sophias Leib" hat viele interessante Stellen. Je-
denfalls meint sie, oder meinte sie damals, dass
Platon und Sokrates an allem, oder jedenfalls
an vielem Schuld sind. Sie hätten damit begon-
nen, den Körper, den "Leib" wie sie lieber sagt,
zu verteufeln und eine reine, pure Vernunft, den
Logos, hochzujubeln.

Bemerkenswert an diesen frühen antiken Phi-
losophen (ich bleib erstmal lieber bei "Philoso-
phen", denn ich mag Sokrates trotzdem sehr
gern, er nannte sich "Hebamme" und schon al-
lein das ist doch toll; ich denke, mindestens
er war doch Philosoph) ist wirklich, dass sie
alles sinnliche, körperliche, vor allem Begier-
den (gewisse Begierden sind ja vor allem für
Männer ein großes Problem) eben dem Körper,
dem vergänglichen Leib, zugeordnet haben. Vie-
les von dem was heute unter "mental" ver-
standen wird, gehörte für sie also eher zum
Körper. Die Seele, die reine Vernunft war "frei"
von all diesen Umtrieben und erlag nicht den
Täuschungen der verschiedenen körperlichen
Sinne. Nur diese reine, abstrakte Seele konn-
te damit wirklich verstehen, wirklich erken-
nen, wirklich etwas wissen. Damit begann viel-
leicht wirklich etwas sehr einschneidendes in

der Geschichte (jedenfalls in diesem Ausschnitt der Geschichte) der Menschen: man(n) verachtete die verschiedenen körperlichen Sinne, also unsere gesamten Wahrnehmungsmöglichkeiten, und suchte nach Wahrheit durch ein vermeintlich reines, abstraktes Denken.

Aber hier, genau an diesem Punkt, war etwas schon da; nämlich die Unterscheidung in eine materielle Welt und eine "geistartige", erkennende Welt. Wenn ich also wissen wollte, _wie_ dieses dualistische Denken entstanden ist, und ob man da hätte anders abbiegen können, müsste ich also weiter zurück gehen. Aber wohin?

Nun, jedes Setzen, jedes Denken von etwas wie "Seele" hängt ja auch sehr intensiv immer an dem Denken von etwas wie "Gott". (Irgendwo habe ich gelesen, dass wir mit dem Wort "Gott" ein sehr unschönes Wort für ein sehr beeindruckendes Phänomen gewählt hätten. Das finde ich auch. Das Wort "Gott" steht ursprünglich eigentlich im Zusammenhang mit dem gebrachten Opfer und bedeutet vielleicht "Vater des Opfers" oder ähnliches, laut Kluges Wörterbuch. Aber ein anderes Wort für dieses Denken von "Gott" oder "Göttern" habe ich bisher nicht gefunden. Vielleicht können wir später einfach "Geist" sagen.) Also müsste ich besser suchen, wie denn die Vorstellung von "Gott", von etwas "Göttlichem" überhaupt, entstanden ist. Wenn man sich so "unbefleckt", sag ich mal, in dieser Welt umsieht, sieht man ja erstmal nur Materielles, nimmt man nur Materielles wahr. Denn etwas "Geist-artiges" ist ja der Natur nach eher unsichtbar. Woher kam also die Idee, dass es etwas "Göttliches", "Geist-artiges" und entsprechend eine "Seele" überhaupt gibt?

Ich wühlte ein wenig in der Literatur (wie man so schön sagt) herum und fand alte Werke (aus kritischen! Zeiten) mit Titeln wie "Die Theologie der frühen griechischen Denker" oder "Vom Mythos zum Logos". Diese sind allerdings eher aus einem Interesse an Religionsgeschichte oder "Religionswissenschaft" geschrieben und letzteres mitten in der Nazizeit mit entsprechend übelriechenden Formulierungen. So wird die Überwindung des Mythos durch Platon und Sokrates fürchterlich hochgejubelt, aber das interessiert mich ja eigentlich nicht. Ich wollte ja nicht den Ursprung des Vernunftglaubens (nettes Paradoxon, hm?) finden, sondern den Ursprung von Geist vs. Materie. So schreibt der erstere in seinem Werk zum Beispiel, dass Platon und Sokrates die Schöpfer des Begriffes "Theologie" seien; sie hätten die Gottesvorstellung von den menschlichen Zügen, wie sie noch die alten Epen-Dichter Homer und Hesiod gedacht hätten, "bereinigt".

Und klar, in den alten griechischen Mythen haben alle Götter sehr menschliche Züge, sind vielleicht eher Menschen mit "übermenschlichen" Kräften. Es sind "kräftige" Menschen, die Naturgewalten steuern können, das menschliche Schicksal beeinflussen und insbesondere auch Gefühle bei den Menschen hervorrufen können (vielleicht besonders die Liebe ...). Die Götter der griechischen Mythen stellten insofern also Erklärungen für Unwetter, Schicksalsschläge und Gefühle der Menschen dar. Aber war das wirklich der "Anfang"? War hier nicht auch schon eine nicht-materielle Ebene versteckt? Was waren das für merkwürdige "Kräfte", die man sich als wirkend dachte? Und - wieder war alles von Männern geschrieben, gedacht, in-

terpretiert. Wie war das mit angeblich alten weiblichen Fruchtbarkeitsmythen? Und gab es wirklich mal ein Matriarchat? Wusste man da vielleicht noch etwas anderes? Solche Überlegungen schwebten mir immer im Hinterkopf, aber etwas wirklich Greifbares fand ich erstmal nicht.

In einer Übersicht zur Philosophiegeschichte (von Störig) entdeckte ich schließlich einen, nein gleich zwei, weitere Hinweise: Eine nicht vorhandene Trennung zwischen Personen und Dingen, zwischen Belebtem und Unbelebtem bei den alten Indern und das Aufkommen der Vorstellung, dass alles Leben ein Leiden ist. Das war doch was! Also auf zu den alten Indern!

Auch hier ist man natürlich wieder auf Männer angewiesen. Männer, die die alten Veden (so heißen die überlieferten Schriften, deren Entstehung man teilweise auf Zeiten von mehreren tausend Jahren vor (!) unserer Zeitrechnung datiert) übersetzt haben, Männer, die sie interpretiert haben. Ganz zu schweigen davon, dass alle Veden wohl von Männern verfasst wurden und in Indien schon ein äußerst strenges Patriarchat regierte, das später in ein wirklich übles Kastensytem mündete. Was immer man liest, das feministische Auge muss in jedem Fall mitlesen!

Also, ich muss hier vielleicht erwähnen, dass ich natürlich nichts gegen Männer habe! (Ich bin ja selber einer und liebe vorzugsweise männliche Wesen, wie du weißt). Aber es ist einfach so, dass diese ganzen denkenden Männer einfach die Frauen sehr verächtlich betrachtet haben. Warum? Warum nur?

Vielleicht ist das das Erbe eines alten Matriar-

chats, das Männer so unterdrückte wie im Anschluss das Patriarchat die Frauen. Man kann es ja nicht wissen. Aber in jedem Fall denke ich mir, ich persönlich, dass, wenn jemand den absolut ultimativen Durchblick erlangt hat, er Frauen nicht verachten __kann__. Wenn er nichts über sie weiß, würde er schweigen. Aber dieses explizite Niedermachen deutet für mich einfach an, dass sie von diesen zauberhaften Wesen einfach sehr abhängig waren und in erster Linie danach strebten, diese Abhängigkeit zu überwinden. Dass ihre Triebe und unerfüllten Begierden Quelle alle ihrer Gedanken darstellten und somit das Bestreben, endlich frei zu sein, von dieser Qual (verdammter Trieb) und ihrer Quelle (verdammte Frau). Warum aber muss ich diese Triebe überhaupt verachten?

Nun vielleicht waren sie alle sehr hässlich (aber Sokrates war dies anscheinend auch und der hat Frauen eher hoch geschätzt!), aber da lässt auch immer die Verachtung aller körperlichen Gegebenheiten grüßen. Ergo, haben wir bei diesen Denkern nichts Urspüngliches, nichts Wahres, zu erwarten. Oder?

"Wahrheit" (welch großes Wort) ist und findet man aber vielleicht gerade nicht im Moment des männlichen ODER weiblichen, sondern in der Synthese dieser zwei Prinzipien. Wie ihre Vereinigung neues Leben hervorbringt, __alles__ Leben hervorbringt (überleg mal, dass man sich den Ursprung des Universums, den Urknall, seltsamer Weise, aber auch selbstver__"männlicher"__ Weise, nicht so denkt), ist eine ähnliche Vereinigung vielleicht geeignet, etwas Licht in unser Dunkel zu bringen. Jedenfalls habe ich mich mit der Inderin, mit meiner "Sophia", auf die-

se Möglichkeit verständigt. Aber davon später mehr.

Jetzt erstmal auf zu den alten Indern. Den ganz alten. Was habe ich gefunden? Nun, etwas Ähnliches wie bei den alten griechischen Mythen. Die Götter sind "Personen" mit besonderen Fähigkeiten. Alle Naturerscheinungen werden so gedacht, als "Personen": Wind, Gewitter, Regen, Sonne etc. Aber auch Krankheiten (der Fieberdämon fährt in den Körper), Wut, Zorn, Hass, Liebe, Großzügigkeit, Denken (!) und auch Sachen wie Hunger, Durst, Eifersucht, Glaube etc. werden als Götter oder Dämonen aufgefasst, die in einen Menschen einziehen können und ihn entsprechend auch wieder verlassen können. Referenzen magst du bestimmt haben, denn du bist ja ein Mann der Wissenschaft, also Glasenapp und Deussen haben hier interessante Dinge geschrieben. Glasenapp meint, die alten Inder hätten einfach alles als "dinglich" betrachtet. Und auch ihre Werkzeuge, Waffe, Kriegstrommel haben sie sich als eigenständige Personen vorgestellt.

Aber Vorsicht (feministisches Auge aufgepasst!): Ist das wirklich ein "dingliches" Denken? Hat dieses Personifizieren wirklich eine Grundvorstellung, dass alles "material", "physisch" ist, als Basis? Oder wird vielleicht ein dualistisches Weltbild einfach in alles hineingelegt, was wir sehen und denken, eben weil es so grundlegend und so vertieft ist, dass wir es gar nicht ausschalten können? War es also bei den Indern so, wie wir es bei Glasenapp und Deussen und in der Übersetzung der Veden lesen oder können wir die ursprüngliche Denkweise gar nicht mehr erfassen, weil wir dualistisch "verbildet" sind

64

und diesen alten "Zeitgeist" nicht und niemals ausknipsen können?

Also nochmal langsam: Wenn alles als "Personen" gedacht wird, fasst man alles auf, wie man selbst ist. Man "vermenschlicht" alle Sachen. (Hach auch heute noch lieben doch die meisten Männer ihr Auto mehr als ihre Frau, oder?). Aber was ist dieses "Vermenschlichen"?

Nehmen wir mal die Werkzeuge. Ich unterstelle dem Werkzeug also eine eigene Persönlichkeit. Was heißt "Persönlichkeit"? Mein Hammer kann wütend oder traurig sein, gut gelaunt und mir wohl gesonnen zum Beispiel und nicht meinen Finger treffen. Diese ganzen Eigenschaften (Wut oder Freude) wurden aber auch als Götter, bzw. eher "geistartiges" (bei den Indern als "feinstofflich" gedacht) angesehen (die Wut zieht ein in meinen Körper). Ist der Dualismus also nicht auch hier schon da? Oder lese ich ihn hinein?

Erstmal unklärbar und daher Wurscht. Es gab ja noch den zweiten Hinweis, den mit der "Leben=Leiden" Formel. Hier haben die drei Herren auch einen interessanten Gedanken. Sie vergleichen die Lebenslust und die Personifikationen der frühen Inder mit der Lebenslust und Weltsichtweise von Kindern. Später (Adoleszenz!) kommt der Leidbegriff hinein. Man "erkennt" alle Mühsal, alles Vergängliche des Lebens, der Tod ist schrecklich und erwischt auch noch den allergläubigsten Menschen (Götter helfen also auch nix bzw. die Götter, die ich gewählt habe, sind die falschen) und schwups, alles Leben ist plötzlich schrecklich. Besser werden kann es erst "nachher" oder außerhalb der sinnlichen Trügereien. Nun kann man die Entwicklung eines Menschen und besonders die Phase der

Adoleszenz sicher prima so vergleichen und besonders das "Leiden" tritt ja in der Adoleszenz auch sehr deutlich zu Tage, aber ist dies NOTWENDIG so? Oder leiden alle Menschen in der Adoleszenz, damals wie heute, erst <u>nachdem</u> man das Weltbild umgeworfen hatte, <u>nachdem</u> man die Verachtung des <u>sinnlichen</u> Daseins eingeführt hatte? Feministisches Auge aufgepasst!

Denn dieser Leidbegriff verlässt doch die meisten Menschen nicht mehr! So gesehen würden sie "ewig-jugendlich" bleiben. Sieh dich um, wie sie ächzen und klagen ob ihrer Existenz. Alles ist immer schrecklich und höchstens manchmal ein wenig nett. Den Wert, die Schönheit eines sinnlichen Daseins entdecken doch viele Menschen erst, wenn der ("schreckliche") Tod vor der Tür steht (hier gibt es ein nettes Gedicht von einem 85-jährigen Argentinier, das schicke ich dir mal bei Gelegenheit). Und ist es nicht so, dass diese Auffassung vom "Leben als Leiden" (erstens) in allen Weltreligionen geradezu zentral ist (die Belohnung für alle Mühen gibt's immer erst später oder am Besten man löst sich ganz auf, wie bei den Buddhis, aber die haben wenigstens eine ausgefeilte, "diesseitige" Moral) und zweitens ein prima Machtmittel darstellt?

Wenn ich allen Menschen erzähle, dass ein großer Gott ihr Schicksal so gewollt hat, alles Leben eine Prüfung ist, für die es später eine extra tolle Belohnung gibt, kann ich sie in aller Seelenruhe ausnehmen, meine Macht ausbauen und selbst die sinnlichen Freuden des Lebens genießen (so Machtmenschen dies können): Das Patriarchat lässt grüßen!

Und es ist doch sehr auffällig, dass keine der

großen Weltreligionen eine Frau als Göttin ver-
ehrt, oder? Alles strenge, väterliche Götter dort
oben, scheinbar. Aber Gebären, neues Leben
hervorbringen, können <u>gerade</u> die Frauen. Das
ist doch seltsam, oder?

Aber bei den alten Indern finden sich noch
mehr Hinweise. Der Gedanke von "Atman" und
"Brahma" (der kommt zwar erst ein wenig
später, aber die Grundlage ist auch schon früher
da) ist eben immer auch eine Aufforderung, in
sich selbst hineinzuschauen, um die Welt zu
verstehen. Deussen formuliert die Grundidee
so:

"das All-Eine, wahrhaft seiende Göttliche ist der
Welt zugleich transzendent und immanent: die
Welt selbst mit allem, was in ihr ist, aber ist eine
Umgestaltung des ewigen Einen."

Oder noch schöner, wie auch Störig den Deus-
sen zitiert, um das "leuchtende Beiwerk" al-
ler indischen Philosophie zu umschreiben (die
Idee der Identität von "Gott" und "Seele" -
hihi, oder auch: die Identität von "Geist" und
"Geist"):

"Eines können wir mit Sicherheit sagen, welche neuen und ungeahnten Wege auch immer
die Philosophie kommender Zeiten einschlagen
mag, dieses steht für alle Zeiten fest, und niemals wird man davon abgehen können: Soll die
Lösung des großen Rätsels, als welches die Natur der Dinge, je mehr wir davon erkennen, nur
um so deutlicher sich dem Philosophen darstellt,
überhaupt möglich sein, so kann der Schlüssel
zur Lösung dieses Rätsels nur da liegen, wo allein das Naturgeheimnis sich uns von innen öff-
net, das heißt, in unserem eigenen Innern."

Und fühlt man sich da nicht genau auf deinen "Bildschirm" sozusagen direkt drauf gestoßen?

Was ich aber eigentlich noch sagen will, ist, in diesen alten indischen Schriften finden sich viele kritische Dinge (Frauenverachtung, Kastensystem, Schlachtaufrufe, etc) verankert, aber es gibt auch sehr schöne Ideen, die die Kraft haben, zu befreien. Die Trost spenden, Ruhe und Zuversicht. Und, was soll ich sagen: Man gewinnt den Eindruck, dass sehr viele große Denker bei den alten Indern abgeschrieben haben oder sich zumindest haben inspirieren lassen. Schopenhauer sagte sogar selbst, dass er immer großen Trost in der "Bhagavadgita" (kurz einfach "Gita" für Gesang) gefunden hat (und der war ja ein extra großer Pessimist, ein "Leidspezialist" sozusagen), auch Humboldt war explizit davon beeindruckt. Und Hegels Weltgeist, Kants Vernunft samt Moralprinzipien sowie Brunos vom "all einen" durch und durch beseelte Welt (und sicher noch viele mehr) lassen an die alten Inder mindestens erinnern.

Viele der alten vedischen Schriften sind wohl im Laufe der Zeit "gewachsen", anfangs mündlich überliefert, dann aber auch verändert worden (sagen zumindest die Spachforscher). Von der Gita sagen die gläubigen Inder, dass sie schon sehr alt ist. 30.000 Jahre oder sowas. Sprachforscher meinen, dass sie seit etwa 800 vuZ in der heutigen Form besteht. Vielleicht wurden also auch sehr urspüngliche, "wahre" Schriften im Laufe der Zeit entsprechend machtpolitischer Erfordernisse etwas angepasst? Und so Kastensystem und Pflichttreue in Kriegen und derartige Dinge später im "Glaubenssystem" verankert?

Tja, hm, was haben wir nun? Habe ich mich verlaufen?

Also, wir haben den Vergleich der individuellen menschlichen Entwicklung mit der Entwicklung der Menschheitsgeschichte. Wir haben ein mindestens sehr früh entstandenes dualistisches Denken, ein Setzen von etwas "Geistartigem" schon bei den alten Indern und ihren "dinglichen" Personifikationen. Und wir haben die Aufforderung, in uns selbst hinein zu sehen, um zu verstehen.

Tja, hm.

Und wir haben deinen Bildschirm. Das passt doch sehr prima, oder? Denn was finde ich, wenn ich in mich "hineinschaue"?

Erlebnisräume - deinen Bildschirm! Zwei Fäden laufen zusammen ...

So treffen wir beide uns also aus verschiedenen Richtungen schließlich an einer Stelle. Und letztlich hat ein wahrhaft materialer Bildschirm, gedacht als zusätzliches und überflüssiges Element an einem Roboter, dein physikalisches Weltbild umgeworfen. Hach, wenn das nicht köstlich ist!

Ich möchte aber noch ein paar Dinge hinterherschicken, die du jetzt vielleicht anders aufnimmst, als während der unzähligen Versuche, die ich veranstaltet habe, wenn wir früher dieses Thema auch nur am Rande gestreift haben. Denn man übersieht so leicht, dass in einer rein physisch gedachten Welt, in der ein strenges Kausalgesetz herrscht und ein Ereignis ein anderes notwendig bedingt, wie ein Stein einen zweiten anstößt, dass man gar nicht weiß, was "Stoffliches", "Physisches" eigentlich genau ist!

69

Was sind denn Atome? Sie bestehen aus Elementarteilchen, aus Quarks, aus "schwingenden Energieschlaufen" - aus Strings! Also ist nicht mal ein Atom, es ist Energie und die stofflichen Eindrücke erzeugt unser Gehirn, nur unser Gehirn, unser "Vermittler", wie du es so nett genannt hast. Man vergißt also erstens, dass man gar nicht weiß, was Stoffliches ist und zweitens, dass in dieser so stofflich gedachten Welt ein Erleben überflüssig ist! Der ganze Raum des Erlebens, alle Bilder, Gerüche, Geräusche, Gefühltes und Gefühle sind in einer materiell gedachten Kausalkette schlicht wirkungslos. Aber sie sind da! Sie sind, sie repräsentieren den Geist, den man ersetzen wollte. Den Geist, der Bedingung aller Setzungen ist, weil man nur in den Erlebnisräumen, wie von unseren Gehirnen erzeugt, operieren und messen kann.

Der Materialismus, Physikalismus funktioniert also von hinten bis vorne nicht. Er ist inkonsistent, weil wir über die materiale Welt (Welt 1 war das in deinem Bild und ähnliches hatte sicher auch schon Kant vor Augen! Und ich muss hier erwähnen, dass drei Welten schon häufiger von Philosophen vorgeschlagen wurden. Lustiger Weise waren bei diesen Herren aber die Vernunft, die "Ratio" oder auch "Theorien" die Welt 3 - was auch sonst, sie waren halt Männer. Aber du hast ja eigentlich nur zwei Welten im Sinn und einen Übersetzer, oder?) schlicht überhaupt nichts wissen. Gut möglich, dass es noch weitere Eigenschaften "des Physischen" gibt, außer denen, die unser Gehirn uns freundlicher Weise übersetzt. Gut möglich, dass Gehirne unterschiedlich funktionieren können und manche Menschen daher Dinge wahrnehmen, die für Inhaber "gewöhnlicher", oder lieber "einge-

schränkterer" Übersetzer-Gehirne abenteuerlich klingen mögen. Gut möglich auch, dass es noch weitere, andersartige Übersetzer gibt, bei Pflanzen und Steinen vielleicht. Wer will es wissen? Wer kann es wissen?

Aber jeder Materialismus ist nicht nur deswegen inkonsistent. Er ist inkonsistent vor allem, weil er unser Erleben, unsere "Erlebnisräume", wie du sie genannt hast, komplett ignorieren muss. Nichts ist aber so präsent, so wirklich wie dieses Erleben, das ja auch alle materialistischen Vorstellungen erst erzeugt! Der Dualismus steht. So viel steht fest. Und er ist erzeugt von einer geistigen Welt. Ist das nicht eine nette Schleife?

Und die Frage der Tastatur, die dich sicher noch sehr umtreibt? Nun wahrscheinlich tröstet es dich, dass auch diese Frage mit Sicherheit fast so alt ist wie die Menschheit. Auch die "Gita" ist hier zwiespältig. Mal sagt sie, dass der "Geist" nicht handelt, man also dem Handeln des "Materialen" sozusagen nur zusehen kann. Mal kommt dann aber, dass sicher nie ein "Böser" das Himmelreich erreicht. Aber wie, bitte schön, soll es denn "böses" Handeln geben, wenn niemand handelt? Det kann ja wohl nich sein!

So ist also eine Kernfrage im Zusammenhang mit der Tastatur die Frage von "gut" und "böse". Wie auch anders. Ein sehr altes Henne-Ei-Problem, an dem sich schon viele die Zähne ausgebissen haben.

Ich habe natürlich auch mit meiner Sophia diesen "Themenkomplex" behandelt und schreibe dir hier ihre Zeilen dazu, denn ich finde sie sehr schön und gerade passend:

71

... Die Welt verstehst du nur, wenn du in dich hineinschaust. Wieviele widerstrebende Empfindungen sind darin! So in der Welt. Es ist notwendig so. Wer wollte sich anmaßen, es zu verbessern! Ein rauschartiges Gefühl - es ist gut so! Alles ist gut.

Nein, mein Geist ist kein Neuron. Ist alles. Urknall. Wie auch immer. Alles ist vereint. Nichts geht unter in dieser Welt, es verändert sich beständiglich. In mir wohnt etwas Göttliches. Wie in allem überhaupt. Auch dieses wird nicht untergehen. Keine Macht zu handeln? Oh doch! Aber "Macht" ist das falsche Wort. Einsicht! Die Erkenntnis der Notwendigkeit verschafft Gelassenheit. Finde die Notwendigkeit der Welt in dir. Du findest einen Frieden, eine Ruhe, die dir einen unglaublichen Rausch beschert. Fast fühle ich mich aufgelöst.

Finde dich, finde die Welt in dir! Und begreife das Unbegreifliche.

Was ist das für ein Gefühl in mir? Unfassbare Ehrfurcht.

Begreife dich als Göttliches. Sanftmut wird dich befallen.

Sonne auf meiner Haut, Sonne auf dieser Straße. Die ganze Welt lächelt. Helf denen, die noch suchen. Du verstehst nun ihren jugendlichen Überschwang.

Die Welt will sich entfalten. Im Tisch, im Baum, im Fisch, in dir. Achte auf diese Entfaltungskraft. Hindere sie nicht. Lass sie wachsen. Erkenne dich! Erkenne die Welt! Erkenne die Welt in dir!

So ist der Geist-Begriff nichts Unwirkliches, nichts Künstliches, nichts Falsches. Er kommt

von innen, ist eigene Erfahrung, ist empi-
risch, metaphysisch und transzendent. Ist die
Möglichkeit, sich transzendental zu schauen, zu
erfassen. Ist wahres Selbst und wahre Welt.

Also schreiben wir die Gita neu!

Schreiben wir sie freundlich. Entfernen das
Schlachtgetümmel und die Machtphantasien.

...

Also schaute meine Sophia in sich hinein und
fragte mich: Aber darf ich von mir auf andere
schließen?

Sie darf! Sie ist einzelnes und all-
gemeines Wesen. Sie ist ein Mensch.
Blödsinn, wer die Menschen vereinzeln wollte.
Er hat sie vereinsamt, hat sie aufgefordert
einem Ideal vom Menschen zu folgen, das
unwahr, unerreichbar ist. Er hat sie vereinzelt,
vereinsamt, unglücklich gemacht. Vielleicht
entstand erst so das Leid in dieser Welt. Man
sagte den Menschen: Du bist falsch! Gott mag
dich nicht! Züchtige dich!

Aber wer sollte mit sowas mal angefangen ha-
ben, in einer glücklichen Welt?

OK, und ich selbst, bin ich nun unendlich fried-
lich geworden, ob all dieser Eindrücke?

Neeee. Klar werde ich noch wütend, du kennst
mich ja! Aber Wut gehört ja auch in den Erleb-
nisraum. Doch sie verraucht nun oft schneller.
Die Reflexion ist ein Schlüssel. Man schnappt
sich eine ruhige Minute und reflektiert einfach
ein bisschen. Vielleicht verändert dies dann ir-
gendwann dauerhaft. Aber keine Ahnung, wir
sind ja auch noch nicht fertig, meine Sophia
und ich. An etwas "Gita"-ähnlichem arbeiten

wir noch, aber es ist sehr schwierig! Man muss ein bisschen vorsichtig sein ...

Naja, jetzt habe ich, glaube ich, erstmal genug geschrieben. Würde mich freuen, wenn wir uns bald mal wieder auf ein gepflegtes Bierchen treffen würden. Vielleicht können wir ja dann überlegen, ob Bier "gut" oder eher "schlecht" ist und finden die Lösung zufällig im Glas ....

So long

Orange!

P.S.: Vielleicht ist dein Bildschirm auch ein Touchscreen?

Vorläufiges Ende

Tja, das war's erst mal. Ganz schön aufregend, oder? Eigentlich ist ja alles noch nicht zu Ende. Es fehlt ja noch die Tastaturfrage. Und was ist das mit dem Touchscreen?

Jedenfalls ist es wohl insgesamt erstmal so, dass mit der Geringschätzung unserer Sinne, unserer körperlichen Befindlichkeiten irgendwann in der Geschichte der Menschen etwas begann, dass man auch den "Verlust des Geistes" nennen könnte. Denn offenbar begann man damit genau das zu verachten, was man eigentlich zu erreichen suchte und irgendwo in einem "Jenseits" wähnte. Ist doch schön, dass dieses gar nicht so weit weg ist, oder? Jedenfalls fanden wir diese Geschichte so spannend, dass wir sie euch unbedingt erzählen wollten und wir hoffen natürlich, dass ihr jetzt, genau wie wir, manchmal ein wenig entspannter und glücklicher sein könnt.

Leider können wir in der nächsten Zeit erstmal nicht in diese fremde Stadt fahren und nachsehen, ob Hirni, Femi, JTZ und Orange vielleicht noch etwas in Sachen "Touchscreen" herausfinden. Wahrscheinlich sind sie auch alle erstmal beschäftigt.

Wir wollten unbedingt noch erwähnen (damit wir hier auch was beitragen können), dass wohl alles ein bißchen wie "42" ist (um das zu verstehen, müsst ihr den "Anhalter" von Douglas Adams lesen - wir meinen *lesen*, ansehen hilft nicht). Was wir damit aber sagen wollen, ist in etwa, dass die Antwort vielleicht manchmal in der Frage versteckt ist.

Was ist die Frage?

Na, was ist die Frage, überhaupt und überall und immer:

Was ist der Sinn des Lebens?

Nun, das ist ja jetzt ganz einfach. "Sinn" hat Wörterherkunfts-technisch (übrigens in sehr vielen Sprachen) mit "Weg" zu tun. Aber immer gleichzeitig auch mit den "Sinnen", den sinnlichen Wahrnehmungen, über die wir ja auf den vergangenen Seiten einiges erfahren haben. Wenn wir nach dem "Sinn des Lebens" fragen, fragen wir also eigentlich nach dem Weg des Lebens. Und seinen Sinnen. Und dann ist es doch klar:

Der *Sinn* des Lebens ist, den *Weg* des Lebens *mit allen Sinnen* zu gehen.

In diesem Sinne: Geht euren Weg! Mit allen Sinnen!

Wir melden uns wieder

eure

Akrad Shara